香港文學散步

（第三次修訂本）

小思　編著

商務印書館

香港文學散步（第三次修訂本）

編　　著	小　思	
責任編輯	蔡枂音	
裝幀設計	涂　慧	
攝　　影	鍾易理　陳祥海　小　思　郭永棠	
出　　版	商務印書館（香港）有限公司	
	香港筲箕灣耀興道 3 號東滙廣場 8 樓	
	http://www.commercialpress.com.hk	
發　　行	香港聯合書刊物流有限公司	
	香港新界大埔汀麗路 36 號中華商務印刷大廈 3 字樓	
印　　刷	中華商務彩色印刷有限公司	
	香港新界大埔汀麗路 36 號中華商務印刷大廈	
版　　次	2019 年 6 月第 1 版第 1 次印刷	

1991 年 8 月初版
2004 年 5 月新訂版
2007 年 7 月增訂版
© 1991 商務印書館（香港）有限公司
ISBN 978 962 07 4567 6
Printed in Hong Kong

行腳與傾聽

　　記得倫敦、巴黎這些城市，有一般的街道圖外，還有種種式式的遊覽地圖。最使我感興趣的，莫過於「文學行腳」。圖上既標示古今文士活動居停之地、留連詠歎之區，即使虛構人物故事擬托的里弄坊衢，也註出相應的處所。你可以按圖沿徑，尋蹤覓跡，就現實時空開拓出文化時空。即目會心，歷史藝文遂絪縕疊印於我與作者冥契的意象中。真是很美妙的感受。

　　不知北京有沒有這樣的行腳圖？中國城市值得繪寫的太多了。北京以外，古城如紹興蘇州，圖上大可填得密密麻麻，溯古道今。上海雖於古稍遜，但近百年文運激揚；若有圖可讀，便差不多讀着半部現代中國文學史。

　　我雖然問過，但至今尚未見到中國哪個城市有這樣的地圖。（紹興圖中，標出魯迅故居、青藤書屋、古軒亭口，似乎有點意思，但太簡略，且作為一般名勝。）但我想，只要有心，繪製是不難的，資料本來就具備。於是想到香港。香港有沒有這樣的一張圖？甚至香港能否畫出這樣的一張圖？

香港蒙受「文化沙漠」的惡諡已久，文藝彷彿從來一片空白。其實這對於曾在香港生活過、工作過，乃至來訪過的文化人而言，是很不公平的；更遑論正在此活躍着的文人學者藝術家了。

論文化談文學，大抵香港本身不能抽離於中國整體之外，香港迄今似乎還罕見全國地位的偉大作家。但勾稽史跡，遠在半個多世紀前，此地早已有過不少作家活動。雖則他們在內地建立聲譽，來港活動，關係全國，豈同時不為香港文化史寫下繽紛的一頁？何況還有本地作者！近三四十年，香港文學更有自己的面目！「偉大」與否，見仁見智而已。

所以香港其實可以繪寫文學行腳圖。即使先繪本世紀上半，材料已經相當豐富。正緣此地曾有文星匯聚，此地曾有文陣對壘，懿範流風，精魂不滅。

而小思女士在這城市尋蹤覓跡，已十多年。一度踽踽獨行，爬梳史料。尚幸隨着研究成果之披露，行腳者略見增加。她則尤其希望喚起各個年輩，特別是青年，同來尋根認往。思故人，臨舊地，細心指點，見人間的溫情，歷史之承擔，更洋溢着藝文之親切體味。驀然回首，原來香港還有這麼可貴的一面，而且就在你眼底，就在你平時經行處；豈徒發思古之幽情，更醒悟自己竟非局外；無論幸抑不幸，你竟然或多或少參與其中！

當然，歷史尋蹤，同時也是對現在之認取。所謂「現在」，藉哲學家海德格爾的詮釋，不僅為抽象的量度，實質是人對自己

所採取的動向之「現前」。過往雖然成了歷史，卻通過人的肯認而呈現當前，且「投向」以成未來。過去現在未來，乃內化於人的心量與行為的弧線，而不再是冷漠的物理時間了。

歷史有情，人間有意，文學也就是歷史與人間情意之具現為形象姿采，通貫過去現在未來。不過，人有記憶，人也會遺忘。忘了往事應感遺憾，忘了事中的情意，豈不是更大的失喪！好得文學時而提提點點，且不壟斷歷史的聲音。

於是我們隨着小思女士漫步。現在時空與歷史文學時空互相化入。眼前有景，空中有音，音是眾音共奏，複調並作。請看附篇之選目，當得編者的用心。她提供複調交響，方便你多線遊觀。而且這樣做是否可以稍稍抵消歷史的詭譎？——君不見歷史承諾往往落空，歷史結案不時翻轉。尚幸本「文」觀「史」，歷史不過是多種「可能性」中經已實現的其中一種；性海興盡，文藝的眾音複調遂顯得更真切有味了。

不過，歷史的嘲弄，也的確似修辭的反諷；歷史的囑託，又確似文藝的叮嚀；歷史與文學，自然也常開點善意的小小的玩笑。散步時先就小處着眼吧！魯迅演講的地點是基督教青年會，紀念魯迅的場所是孔聖堂，雖然令人有「錯位」的感覺，但又何嘗不表現出香港文化自由寬容的一面。只惜魯迅的話語，跨越過大半個世紀，還似為當前而發！蔡元培香港仔的墓碑重建得還算端嚴，他帶起的「北大精神」也迴盪於大半個世紀的現代中國，

包括香港的學術文化界；然而多年來香港教育曾否從他那裏獲得教益？還有目前的北京大學呢？許地山不只卒葬香港，原來生前還曾為香港學術文化盡過那麼多心、費過那麼多力。當我們踏足於薄扶林區，甚至中區一帶，腳下的文化土壤竟如斯豐厚，不只英式的大學堂和教堂酒店商場而已。至於淺水灣頭，留不下蕭紅的骨灰一半；屋蘭士里，又是否仍藏着另一半的淒然？淺水灣日趨俗艷，聖士提反周圍能長保綠樹濃蔭麼？但文筆自足千秋，香港竟與黑龍江結緣了。戴望舒的故事或許平凡中更波折、更牽連着香港的歷史；卻也曾像當年那一段史實，被埋沒、被曲說；尚幸有心人如小思者，曾為扶發申張，於是我們經過薄扶林道、奧卑利街、利源東街時，分外感受到文人的溫藹與淒酸。蕭紅和戴望舒都未盡其才。來過香港的文人才未盡、志未酬者，又豈僅蕭戴二位！才未盡，志未酬；匡時救國，書生素志，襟抱可敬而遭際可傷。民主人權，現代化最基本的要求，呼聲也響起自四十年代香港的達德學院等，穿越歷史時空，至今仍迴響不絕，雖則具體人事已幾度翻瀾了！迴盪之音，是反諷呢，還是策勵？於是學士台上、九華徑裏、六國飯店、思豪酒店、孔聖堂、利舞台，處處都有歷史的叮嚀，文人的精魄。豈是一聲喟嘆，便能化解得了！

　　一段時期，香港人多少傾向於迴避歷史的重負。析骨還父，析肉還母，卻也真個闖出一番奇蹟。然而「生命中的輕」終歸不

能承受太久，若不能體認歷史以潤澤生命，歷史會反過來把你釘死的。當然文學史沒有那麼嚴重。但如果你拒絕文學史給你想像自由的空間，難道你生命確能不無虧欠？讀文學史也不必煞有介事。雖然香港的文學行腳圖尚未繪就，這本書於豐富的文史蹤跡只不過指點一二而遠非盡舉，但已大抵足以引發你散步尋蹤了吧！你在這裏可以傾聽當年文學工作者的聲音，還有後來者的聲音，編寫者的聲音。還有，你這讀者、行者，不應該也有你自己的聲音麼？

黃繼持
一九九一年春日，有霧

目 錄

001 **引言**

行腳與傾聽   黃繼持

憶 故 人

012 **蔡元培**

014 五四歷史接觸   小 思

019 去東華義莊 —— 送蔡子民先生遺櫬安厝   西 夷

030 謁蔡子民先生墓   余又蓀

034 頑石 —— 蔡子民先生之墓   周策縱

036 蔡元培墓前   余光中

039 選文思路   小 思

040 在香港聖約翰大禮堂美術展覽會演詞   蔡元培

045 伴步者對話　保住蔡先生的精神

048 **魯迅**

050 彷彿依舊聽見那聲音   小 思

056 魯迅赴港演講瑣記   劉 隨

060 趙今聲教授談魯迅訪港經過   劉蜀永

066 聽魯迅君演講後之感想   探 秘

069 會晤魯迅先生後   濟 時

072 選文思路   小 思

074 周魯迅先生演說詞〈無聲的中國〉   魯 迅

079 老調子已經唱完
　　—— 一九二七年二月十九日在香港青年會演講　　魯　迅
087 伴步者對話　魯迅的「言外之妙」

092 許地山
094 三穴之二六一五　　　　　　　　　　　　　　　　小　思
102 許地山先生輓詞　　　　　　　　　　　　　　　　施蟄存
104 許地山下世之日　　　　　　　　　　　　　　　　吳其敏
107 許地山先生對於香港教育之貢獻　　　　　　　　　馬　鑑
115 選文思路　　　　　　　　　　　　　　　　　　　小　思
116 落花生　　　　　　　　　　　　　　　　　　　　許地山
118 一年來的香港教育及其展望　　　　　　　　　　　許地山
130 伴步者對話　對香港教育的評價

132 戴望舒
134 林泉居的故事　　　　　　　　　　　　　　　　　小　思
138 望舒和災難的歲月　　　　　　　　　　　　　　　葉靈鳳
148 選文思路　　　　　　　　　　　　　　　　　　　小　思
149 山居雜綴　　　　　　　　　　　　　　　　　　　戴望舒
153 過舊居　　　　　　　　　　　　　　　　　　　　戴望舒
157 香港的舊書市　　　　　　　　　　　　　　　　　戴望舒
162 一堵奇異的高牆　　　　　　　　　　　　　　　　小　思
168 回憶望舒　　　　　　　　　　　　　　　　　　　黎明起
172 選文思路　　　　　　　　　　　　　　　　　　　小　思
173 獄中題壁　　　　　　　　　　　　　　　　　　　戴望舒
176 我用殘損的手掌　　　　　　　　　　　　　　　　戴望舒
178 等待（二）　　　　　　　　　　　　　　　　　　戴望舒
180 伴步者對話　心所牽繫的並非香港

182　蕭紅

184　寂寞灘頭　　　　　　　　　　　　　　　　　　小　思

188　選文思路　　　　　　　　　　　　　　　　　　小　思

189　蕭紅墓畔口占　　　　　　　　　　　　　　　　戴望舒

190　訪蕭紅墓　　　　　　　　　　　　　　　　　　夏　衍

193　蕭紅墓發掘始末記　　　　　　　　　　　　　　葉靈鳳

202　幽幽小園　　　　　　　　　　　　　　　　　　小　思

204　憶蕭紅　　　　　　　　　　　　　　　　　　　周鯨文

220　端木蕻良魂遊故地　　　　　　　　　　　　　　曾敏之

228　《端木與蕭紅》後記　　　　　　　　　　　　　鍾耀羣

232　選文思路　　　　　　　　　　　　　　　　　　小　思

233　蕭紅在香港給華崗的信　　　　　　　　　　　　蕭　紅

235　當舖　　　　　　　　　　　　　　　　　　　　蕭　紅

238　伴步者對話　最靠近蕭紅靈魂之地

臨　舊　地

242　孔聖堂

244　文化殿堂　　　　　　　　　　　　　　　　　　小　思

251　選文思路　　　　　　　　　　　　　　　　　　小　思

252　紀念巨人的誕生 —— 加山孔聖堂昨天一個盛會　郡嬰

256　三個作家講文藝問題（節錄）　　　　　　　　　郭沫若

258　學士台

260　學士台風光　　　　　　　　　　　　　　　　　小　思

267　選文思路　　　　　　　　　　　　　　　　　　小　思

268　薄鳧林雜記　　　　　　　　　　　　　　　　　施蟄存

272　懷鄉小品　　　　　　　　　　　　　　　　　　穆時英

278　六國飯店

280　文藝的步履 —— 六國飯店懷舊　　　　　小　思

286　選文思路　　　　　小　思

287　一九四七年詩人節宣言　　　　　黃藥眠等

290　達德學院

292　民主禮堂　　　　　小　思

299　選文思路　　　　　小　思

300　論民主運動中的高等教育　　　　　黃藥眠

304　青山腳下的懷念　　　　　沈　思

310　社會價值及政治轉變　　　　　林中偉

313　達德學院大事志　　　　　小　思

317　伴步者對話　今日做的事，明日的歷史

319　後記

　　　從複調交響中散步　　　　　小　思

㊙　附　錄

324　序　二〇〇七年版　　　　　小　思

326　序　二〇〇四年版　　　　　小　思

328　與小思對話　二〇〇七年版

339　後記　二〇〇七年版　　　　　小　思

341　後記　二〇〇四年版　　　　　小　思

343　張愛玲與王安憶的香港　　　　　小　思

348　香港文學散步 —— 訪問盧瑋鑾教授　　　　　沈　舒

363　尋蹤覓跡

364　延伸閱讀

365　鳴謝

聖約翰座堂內的大禮堂今貌

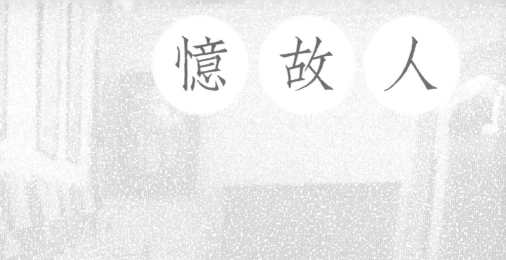

憶故人

香港山水有幸，
讓這位文化巨人躺着，
可是，香港人也善忘——
看來，
應該說許多香港人
從沒得過這類的歷史訊息，
不是善忘，
是根本不知道……

蔡元培

中國思想家和教育家

生平（1868-1940）

1868 年　出生於浙江紹興，字仲申，又字民友，自號「孑民」。

　　　　早年接受傳統教育，17 歲中秀才，後中舉人、進士，曾任翰林院編修。

1907 年　留學德國、法國，研讀西方哲學、美學、文學等，1916 年底回國。

1917 年　出任北京大學校長，提倡「囊括大典，網羅眾家，思想自由，兼容並包」的辦學方針。

　　　　抗日戰爭爆發時因健康問題，居於尖沙咀柯士甸道 156 號。

1940 年　於香港病逝，享年 74 歲。

香港足跡

1937 年　抗日戰爭爆發，蔡元培帶家人取道香港赴重慶，抵港後一直留港養病。

1938 年　應宋慶齡之邀，出席在香港聖約翰大禮堂（今聖約翰座堂旁的李堂）舉行的美術展覽會開幕儀式，發表抗戰與美術之關係的演說。

1940 年　3 月 5 日於香港養和醫院病逝，終年 74 歲。

　　　　3 月 10 日舉殯，當日全港學校及商店下半旗誌哀；於南華體育場舉行公祭，參加者逾萬人。

五四歷史接觸

文 / 小思

　　六十年後隔冷漠的白石

　　灼熱的一腔心血

　　猶有餘溫，那淋漓的元氣

　　破土而出化一叢雛菊

　　探首猶眷顧多難的北方

　　想墓中的臂膀在六十年前

　　殷勤曾搖過一隻搖籃

　　那嬰孩的乳名叫做五四

　　那嬰孩洪亮的哭聲

　　鬧醒兩千年沉沉的古國

　　……

余光中《蔡元培墓前》

余光中於香港仔華人公墓的蔡元培墓前。攝於一九七七年。

蔡元培墓今貌

　　這是一九七七年六月余光中憑弔蔡元培先生之墓後的作品。那一年，詩人幾經盤詰，好不容易才找到荒涼得很的蔡墓。也許，五四運動、蔡元培，這些名詞許多人都知道，但有多少人知道香港原來是蔡先生葬身之所呢！

　　四十七年前，香港仔是個漁港，遠離市區，華人永遠墳場就在山坡上。一列列墳墓日夕面對的是小舟漁火，但四十年之後，它們卻困處在車塵人煙中了。在縱橫的墳碑間，就有一處，埋葬了一生為中國爭取人權、學術獨立、思想自由的教育家 —— 蔡元培先生。

　　讓我們去向這位開明的長者致敬吧！

　　朝着華人永遠墳場石牌坊，走完上坡路，過了刻着「同登仙界」四字的另一個石牌坊，轉向右邊小路，盡頭坡上有一座「四望亭」，繞過小亭，在朝東南的台階上，找到「資」字記號，向前再走幾步，就會看到一塊墨綠色、刻上金字的雲石碑 —— 説一塊，不夠正確，它是由幾塊雲石合成，上面刻有「蔡孑民先生之墓」七個大字，和「蔡孑民先生墓表」。現在看到的大碑，是一九七八年由北京大學同學會重建的。從前，只有一塊小小的白石碑，上面孤零零地刻上「蔡孑民先生之墓」七個紅字，荒涼蕭條，曾惹起了有心人的無數慨嘆。

　　也許，現在已經沒有太多人知道蔡元培先生了，但遠在五十年前，他避地南來，住在九龍的時候，雖然已沒有公開活動，但

他對香港文化界仍起了鼓勵作用，而一般市民，也知道蔡先生住在香港。我們試看看一九四〇年三月十日，他舉殯那天的情況吧！全港學校和商店下半旗誌哀，他的靈柩由禮頓道經加路連山道，再經波斯富街、軒尼詩道、皇后大道、薄扶林道，沿途都有市民列隊目送。在南華體育場公祭時，參加者萬餘人，那真是榮哀。

香港山水有幸，讓這位文化巨人躺着，可是，香港人也善忘——看來，應該説許多香港人從沒得過這類的歷史訊息，不是善忘，是根本不知道，年年清明重陽，不見有多少人去掃墓。掃墓，只是個儀式，不必斤斤計較，但如果在五四紀念日的前後，能去蔡先生的墓前致敬，深思蔡先生生前走過的道路，這畢竟是我們香港人可以做得到的事！

甚麼時候有空，走到已變成鬧市的香港仔去，不妨去作一次歷史接觸，讀一遍那刻在碑上的墓表，追思前輩為中國民眾教育立下的殊功，或者，我們會在歷史教科書以外，多領悟一點歷史教訓，同時，可釀出一腔歷史情懷。

一九八七年五月四日

去東華義莊

—— 送蔡孑民先生遺櫬安厝

文 / 西夷

一代學術界完人蔡孑民先生在香港逝世，引動了全國朝野上下的哀思。

昨天是他的遺櫬移厝的日子。從早上起，濃雲薄霧籠罩住整個的香島，天公也像有意地助長愁慘的氣氛。

商店稀疏地懸掛下半旗，港九學生動員數千，在下午二時以前便集中加路連山南華體育場。旅港北大同學於正午十二時在大三元酒家集中，下午二時前往福祿壽殯儀館，在三時前便排成了一個極齊的花圈隊，陪着蔡先生的靈柩向着加山出發。

沒有軍樂，單是鼕鼕的鼓聲領導着大隊進行，嚴肅沉默，連路旁觀眾全掛着靜穆的面容。北大旅港同學總數逾百，這其中有市長，有廳長，有銀行家，有大學教授，有學術界聞人，有報館社長和經理。他們年紀最長的約有五十歲，最輕的則是一位新自蒙自畢業初來香港的某君。有五分之四是受過蔡先生的栽培，在北河沿第三院大禮堂聽過他的開學訓辭：「大學是一個研究學術

的機關，不要抱着甚麼升官發財的目的！」每次開學，每次他都要這樣講話，當時覺得頗為「老生常談」，如今回味起來才領會到他的深意。蔡先生畢生以學術為依皈，他不願做官，不會發財，他身後的蕭條情形，說來使人難於置信，而就在廢曆新年，他還向王雲五先生要求過經濟的幫忙。

如今這一輩受過他訓誨的學生已經長大，而且許多已經長大到他在北大時期的年紀。他們孜孜地為國家為社會謀福利，始終未忘卻在學校時所受過的薰陶。他們永遠願意追隨着蔡先生前進，他們卻想不到蔡先生在國家阽危抗戰事業未竟的時期撒手長逝。

南華體育場整齊地排滿了男女學生、會社團體，在靜寂無聲中等候蔡先生靈柩的駕臨。鼓隊前導，跟着的是留港中央長官和各界名流，再後是北大同學的花圈隊，最後便是蔡先生的靈柩。風凄凄地吹着，腳步踏過遺路發出沙沙的聲響，白布橫旗變成半環形，持竿的兩位學長不斷在拭着額汗。這小規模的北大同學遊行，在香港怕是空前，也怕是絕後，不禁令人想到五四示威、三一八慘案……哪一次學生運動不是北大同學領導，哪一次的遊行沒有北大同學參加！在昨天這一小隊人中就有不少五四健將，三一八執政府門前和殘暴軍警搏鬥過的勇士。

這集會在香港是空前，怕也是絕後，試想香港的哪一位「士紳」配驅使這幾百位名流，這成千的學子，自願而認為很應當地

為他執紼。我看過有錢人的大出喪，但除了擺擺闊綽還能給人甚麼印象？加山體育場的場面是偉大的，是有着歷史性的，這是幾千萬的家產所能換來的嗎？

送殯車長蛇陣形由加山經過莊士頓道、皇后道……向着東華義莊進行，路旁全是瞻仰儀式的羣眾。但他們很懷疑，為甚麼除掉靈車、送殯車以外甚麼全沒有，連音樂隊花亭也都省掉。他們甚至懷疑到在先蔡先生靈柩的一家蔡府出喪就是一代學術宗匠的移屍儀式，因為那個「蔡府」有錢，有三班音樂隊引導。然而「他」有這許多送殯名流嗎？這些人不是金錢誘致來的！── 在這裏可以悟出人生的意義，可以了解人生的真價值。

靈柩暫厝東華義莊月字某號，在去月字號轉彎地方赫然地陳列着唐少川的靈柩。民國元老在一個一個地凋謝，令人發生無限地傷感。── 人總有一個死，不過死當如蔡先生完整無瑕地死，才能獲得千秋萬世的景仰。

三鞠躬進香，公祭陸續地執行着。「永別了，蔡先生！」行完大禮，大家在默然地沿着亂石堆成的古道走上歸途。

《大公報》，一九四○年三月十一日

南華體育場內,參加公祭的各學校及社團共約萬餘人,整隊集場內,於靈車駛入場時,全體肅立,靜默三分鐘。

蔡先生的靈車

西　夷　許君遠（1902-1962）筆名。河北安國人。現代作家、著名報人、翻譯家。1928年畢業於北京大學英國文學系。曾任《北平晨報》、《大公報》、《文匯報》、《中央日報》等編輯主任。1938 年 9 月 11 日抵香港，任香港《大公報》國際新聞編輯。1939 年 9 月應邀在香港新聞學校任教。1940 年 11 月離開香港往重慶任《中央日報》副總編輯。1945 年以《益世報》特派員身份出席第一屆聯合國大會。1946 年至 1949 年任上海《大公報》編輯室主任。1949 年後先後任上海四聯出版社、新文藝出版社等編輯室副主任。著有《消逝的春光》、《美遊心影》。

蔡先生遺體於七日下午三時在摩理臣山道福祿壽殯儀館入殮，因福祿壽殯儀館地位小，故布置簡單。禮堂內供蔡先生遺像，四周堆置各界致贈之花圈。入殮儀式則在第二室舉行。室內布置亦簡，中置黃色中式棺木，上置蔣委員長所贈之花圈。四壁亦滿懸輓聯。蔡先生遺體，穿藍袍黑褂禮服，均以國產綢緞特製，頭戴呢帽。三時入殮，由蔡公子扶置棺內，上覆繡被，首部外露，上蓋玻璃。時蔡夫人及諸公子均侍靈側，哭泣至哀。禮畢，由蔣委員長代表吳鐵城及臨時治喪委員會代表俞鴻鈞氏主祭，當以巨幅國黨旗覆於棺上。禮畢，由前往致祭三百餘人列隊至靈前行禮，並瞻仰遺容而退。（此原文說明及頁 22，23，25 的相片均出自《少年畫報》蔡元培先生逝世特輯，1940 年）

《少年畫報》蔡元培先生逝世特輯（一九四〇年四月一日，第三十期）

蔡先生家屬瞻仰遺容

追悼會中的蔡先生家族

蔡元培在香港的居處，可見先生平日讀書治事的地方。

梅子生仁燕護雛繞簷新
蔡綠疏疏朝來酒興不可奈
買到釣船雙鯿魚
　　鶴儀女士正　蔡元培

蔡先生自數年前大病後依醫者之勸謝絕
酬應文字期諸節勞今歲二月十一日偕蔡夫
人及小喜兄枉顧敝廬作半日之歡敘偶見小
女鶴儀習書畫勉勵有加二月二日即蔡先生
病前之一日忽自動書一立軸愧畢此女此不傳
為蔡先生近年罕有之舉且係絕筆今日蔡
先生逝世後余分內子偕蔡夫人自醫院返九
龍蔡夫食憶及此事即以蔡先生原意檢出見
贈最後夕返謫覺可作詩述追迤匹上
民國二十有九年三月五日王雲五

蔡元培遺墨（左），贈與王雲五次女王鶴儀。王雲五撰寫說明（右）。
原刊為蔡先生墨寶在上，王先生述說在下。

梅子生仁燕護雛

繞簷新葉綠疏疏

朝來酒興不可奈

買到釣船雙鱖魚

鶴儀女士正　　蔡元培

　　蔡先生自數年前大病後，依醫者之勸，謝絕酬應文字，期稍節勞。今歲二月十一日，偕蔡夫人及小世兄枉顧敝廬，作半日之歡敍。偶見小女鶴儀習書畫，勉勵有加。三月二日，即蔡先生病前之一日，忽自動書一立軸擬畀小女，此不僅為蔡先生近年罕有之舉，且係絕筆。今日蔡先生逝世後，余與內子伴蔡夫人自醫院返九龍，蔡夫人憶及此事，即依蔡先生原意，檢出見贈，最後手跡，彌覺可珍，謹述經過如上。

民國二十有九年三月五日　　王雲五

香港仔華人永遠墳場　位於香港仔海旁道及石排灣道東面交界。1915 年 10 月啟用，為首個政府撥地、華人自資興建的墳場。由華人永遠墳場管理委員會管理。

東華義莊 前身為文武廟資助及管理的「牛房義莊」。1875 年由文武廟捐款在堅尼地城牛房義塚附近興建。設立義莊的目的是為海外僑胞等待安排先人運返原籍安葬，或本地居民覓地安葬先人期間，提供靈柩寄放之所。其後義莊交予東華醫院管理。1899 年東華獲政府支持將義莊遷往大口環現址，命名為「東華義莊」。2003 年全面復修。

謁蔡子民先生墓

文 / 余又蓀

　　四月十二日，旅港國立北京大學同學會發起前往華人永遠墳場，為蔡故校長掃墓，我也參加了。

　　我早應該去的了。過去我讀過余天民兄的謁墓記和詩。前年內子添丁，來港一次，匆匆未得前往，狄君武兄等曾問及謁墓否。此次來港，忽忽半載，久以未得前往，快快於懷。我很感謝北大同學會給我這樣的機會！

　　先生之墓在香港仔半山，偌大的墳場中，很難找到。墳場中有很多墓園，修得壯麗巍峨；先生之墓，僅豎石碑為誌，上刻「蔡子民先生之墓」七字，紅色。清明掃墓的人，滿山都是，多備有雞鴨、整隻烤豬之類的祭饌，爆竹之聲響遍山谷。北大同學會祭先生，則僅鮮花一束，水果一色而已。先生生前喜飲性質溫和的紹興酒，祭墓時也沒有呢。

　　該會撰有公祭蔡故校長歌，辭曰：

漢有甌脫南溟荒，遠人闖之以通商，

敬教勸學非所長，磽如朔漠草不芳，

天遣文星竄炎方，旬然隕落南山陽，

佳城鬱鬱氣莽蒼，讀書種子從茲昌，

自由之風公所揚，美育之名公所張，

禮失求野何悵悵，居夷非陋終無傷，

歲歲春祠而秋嘗，獻花歌詩永不忘，

吾黨小子簡且狂，敬為先生一瓣香。

　　祭畢，攝影而散。是日天氣晴和，大家「低回留之，不能去云」！

　　太史公贊孔子有云：「天下君王，至於賢人，眾矣！當時則榮，沒則已焉。孔子布衣，傳十餘世，學者宗之……可謂至聖矣。」

　　蔡先生於民國二十九年三月二十九日逝世於香港[1]，快滿二十年了。社會人士並沒有忘掉他。他還像一個活在人間的大師，在時代的洪流中，時時激起巨浪。近二十年來，我們目睹了許多怪現象。有時甲派大捧蔡先生，於是乙派遂乘機而攻擊之。乙派忽而鼓吹蔡先生的思想時，甲派又變而詆毀之。更奇怪的，

---

[1] 原文有誤，正確為民國二十九年三月五日（一九四〇年）。

當這一派在講蔡先生的思想時，另一派更進而大吹特吹，彷彿要互長雄長似的。

這樣的毀譽，對蔡先生是沒有關係的。

語云：「蓋棺論定。」蔡先生逝世快二十年了，社會上的議論，仍然是亂渾渾，尚非定論。因為他一生的事業，牽涉方面廣；他的思想，博大而精細。故對蔡先生的了解，很為不易。但是，歷史的論斷是公道的，我們且看再過幾十年後的論斷罷。

近二十年來，始終如一，年年紀念蔡先生的，是國立中央研究院和國立北京大學同學會。無論會場外面的空氣如何，是晴暖還是風雪，年年總要舉行一次紀念大會。

二十九年四月，中央研究院和北京大學重慶同學會，發起追悼蔡先生大會於重慶美專校街。從此成為定例，年年雙方聯合舉行紀念會。依照中國傳統的習慣，最初三年，於每年蔡先生的忌辰三月二十九日舉行[2]。三年之後，改於誕辰一月十一日舉行。

每年紀念會的內容，最初決定分為兩項。一為講演「蔡先生的生平」，一為「學術講演」。

蔡先生的生平，以請蔡先生的朋輩講演為主，吳稚暉先生彷彿就講過兩次。此外擔任這個題目的講演人，有蔡先生的老學生，如蔣夢麟先生，以及早期的北大學生。及至到了台灣，因為

---

② 同註 1。

蔡先生的朋輩，死的死了，難得請人；而且「生平事跡」也差不多講完了，這項演講往往取消。

學術演講是由中央研究院聘請專家擔任。擔任講演者，有汪敬熙、李仲揆、吳正之、羅宗洛、李濟之、李先聞、胡適之、錢思亮等。今年一月十一日在台灣擔任此項演講者，似乎是陳省身。此項講演，規定要由中央研究院出版，以資紀念。

這項紀念會，是公開舉行，各界自由參加。三十二年以後，一月十一日又是司法節，司法界的人們，在這一天，許多都是參加這兩個會的。

《自由人》，一九五九年四月十八日，第四版

余又蓀 （1908-1965） 畢業於北京大學哲學系。曾任北平民國大學、四川大學教授、重慶大學教授兼總務長。1949 年赴台，任台灣大學教授、歷史學研究所主任及主持中國近代史及美國史研究中心。著有《中國通史綱要》。

頑石

—— 蔡孑民先生之墓

文／周策縱

這墓碑是我們久已忘失了的詩，
真實的孑零零的人民，在林林總總的
蟻骨叢裏，我摹索
百家姓，赫然只一方白石
上有丹書，後有荒草，儘茫昧裏
人慾潮沖洗剩這沙漠綠洲。
你們赤、白、黑壓壓的貨船
點綴着商島，拖一疋
濁海練，似數百萬終不改悔的
不肯執紼者，滔滔東去，
只淘不盡這工學砥石。
別人抹了粉黛的高墳，全盤伸出雙手
仍不足扶持一朵出水白蓮。
涅槃後鳳凰樹又灑滴滴翠 ——

千點萬點並蒂綠珠影，借與

金谷幾片生意。這東方奧林比亞

山頂蒸鬱相容並包的煙雲，偶然

擊下數聲閃電，自由大風

捲起馬尾松，君馬玄黃，

人民也已勞苦了！路旁小兒紅，

鼓掌噼噼啪啪，是雷雨。我摘一枝

紫花回來細讀，詩頁間夜夜

噓出春風，茁長更茁長，

天總不肯安息，看來洪水猛獸大學

又純粹，回頭，這頑石華人永遠永遠

索隱於海外孤島。

一九七七年六月二十五日於香港

周策縱　（1916-2007）　美國威斯康辛大學東方語言系和歷史系終身教授，國際著名紅學家、歷史學家和漢學家。由其論文擴寫而成的《五四運動史》，1960 年在美國出版，引起極大迴響，又曾在 1980 年、1986 年發起並主持第一、第二屆國際紅樓夢學術研討會。

蔡元培墓前

文 / 余光中

六十年後隔冷漠的白石

灼熱的一腔心血

猶有餘溫，那淋漓的元氣

破土而出化一叢雛菊

探首猶眷顧多難的北方

想墓中的臂膀在六十年前

殷勤曾搖過一隻搖籃

那嬰孩的乳名叫做五四

那嬰孩洪亮的哭聲

鬧醒兩千年沉沉的古國

從鴉片煙的濃霧裏醒來

在驚魘和失眠交替的現代

卻垂下搖倦了搖籃的手

再搖也不醒墓中的人

只留下孤兒三代來拜墳

黑頭黃郎和白頭周公

和斑頭華髮中間的一代

香火冷落來天南的孤島

高階千級仰瞻的孺慕

甘冒亞熱帶嘶蟬的溽暑

不覺回頭已身在絕頂

一陣陣松風的清香過處

恍惚北京是近了，而坡底

千窗對萬戶一幢幢的新寓

檣連檣接波撼的市聲

攘攘的香港仔，聽，卻遠不可聞

一九七八年四月五日

作者附識 一九三七年抗戰爆發，那年冬天蔡元培先生帶了家人南來香港養病，一九四〇年三月五日逝於香港，葬於香港仔華人永遠墳場。三月十日舉殯，全港下半旗誌哀。五四元老、新文化褓姆長眠於此，是香港無上的光榮，但事隔四十年，似已不再為人注意。屢次向人問起，只悉蔡先生是葬在香港本島西南端的香港仔，卻苦於不知確切的墓址。去年初夏，詩人黃國彬終於打聽到香港仔華人永遠墳場的電話號碼，打電話去問。守墓人顯然不知道蔡元培是誰，幾經盤詰，才猶豫說道：「也許你們是找『蔡老師』的墓吧。那我知道，可以為你們帶路。」於是在六月二十五日那天，由我駕車，載了周策縱教授、黃國彬先生、吳彩華同學及我存，同去憑弔蔡墓。墳場依山面海，俯瞰日趨繁榮的香港仔市區，但山徑上下，碑石縱橫，若非守墓人殷勤引路，真要「踏遍北邙三十里，不知何處葬斯人」了。蔡墓格局既隘，營造亦陋，一方碑石高不及人，除「蔡孑民先生之墓」七個紅字以外，別無建墓何年立碑何人的字樣，比起四周碑銘赫赫亭柱儼然的氣派，顯得十分蕭條。掃墓人千千萬萬，知蔡元培者恐已日寡，知孑民何人者當就更少了。

詩中的「六十年」指「五四」距今之約數。「周公」指周策縱，「黃郎」指黃國彬，「中間的一代」是自稱。三人齒分三代，而周公自美國來，黃郎在香港生，作者則來自台灣；足見人無少長，地無遐邇，孺慕之情同此一心。當時約定，事後必有詩文以誌。周公筆健，新詩古體均早刊於《明報月刊》。黃郎的〈遊蔡元培之墓〉也已見他的新詩集《地劫》。我的小品交卷最遲，但對周公黃郎也總算有個交待了。戊午清明追記於沙田。

再記 前文記於一九七八年四月，發表後不久，北大旅台港校友會在香港仔原址為蔡故校長擴建新墓落成，並於五四之日 [1] 盛大公祭。今日遊人所見蔡墓，不復舊日殘景。一九七九年三月補述。

余光中 （1928-2017） 當代作家、文學評論家。曾任國立中山大學文學院院長、香港中文大學聯合書院中文系系主任。擅新詩、散文、評論、翻譯，出版專書五十多種，詩文多篇列入中港台國文課程。

---

[1] 正式公祭日為一九七八年五月七日。《大公報》、《工商日報》，五月八日記錄。

選 文 思 路

文 / 小思

蔡元培是中國著名的教育家，也是個大力推動美育教育的有心人。

他寫過許多文章，但我只選了這篇短短演講詞，有兩個原因：

第一，這是他在香港的演講，他對香港人發聲，而他演講的地方，今天我們還可以看到，很有親切感。

第二，中國抗日戰爭期間，許多同胞在水深火熱的掙扎中，他仍不斷尋求鼓勵人心的方法。現在我們雖然沒有戰爭，但面臨的困難問題也不少——看不見炮火的戰爭，在人際、在自我內心，都存在。

細讀短文，把文中的「全民抗戰」改換成「經濟不景」、「非典型肺炎」、「貧富不均」、「社會撕裂」……是不是有點啟發？

在香港聖約翰大禮堂美術展覽會演詞

文 / 蔡元培

今日承「保衛中國大同盟」及「香港國防醫藥籌賑會」之招，得參與此最有意義的展覽會，不勝榮幸。當此全民抗戰期間，有些人以為無賞鑑美術之餘地，而鄙人則以為美術乃抗戰時期之必需品。抗戰時期所最需要的，是人人有寧靜的頭腦，又有強毅的意志。「羽扇綸巾」，「輕裘緩帶」，「勝亦不驕，敗亦不餒」，是何等寧靜？「衽金革，死而不厭」，「鞠躬盡瘁，死而後已」，是何等強毅？這種寧靜而強毅的精神，不但前方衝鋒陷陣的將士，不可不有；就是在後方供給軍需，救護傷兵，拯濟難民及其他從事於不能停頓之學術或事業者，亦不可不有。有了這種精神，始能免於疏忽、錯亂、散漫等過失，始在全民抗戰中擔得起一份任務。

為養成這種寧靜而強毅的精神，固然有特殊的機關，從事訓練，而鄙人以為推廣美育，也是養成這種精神之一法。美感本有兩種，一為優雅之美，一為崇高之美。優雅之美，從容恬淡，超利害之計較，泯人我之界限。例如遊名勝者，初不作伐木製器之

想；賞音樂者，恆以與眾同樂為快。把這樣的超越而普遍的心境涵養慣了，還有甚麼卑劣的誘惑，可以擾亂他麼？崇高之美，又可分為偉大與堅強之二類。存想恆星世界，比較地質年代，不能不驚小己的微渺；描寫火山爆發，記述洪水橫流，不能不嘆人力之脆薄。但一經美感的誘導，不知不覺，神遊於對象之中，於是乎對象之偉大，就是我的偉大；對象的堅強，就是我的堅強。在這種心境上鍛鍊慣了，還有甚麼世間的威武，可以脅迫他麼？

且全民抗戰之期，最要緊的，就是能互相愛護，互相扶助；而此等行為，全以同情為基本，同情的擴大與持久，可以美感上「感情移入」的作用助成之。例如圖山水於壁上，可以臥遊，觀悲劇而感動，不覺流涕，這是感情移入的狀況。儒家有設身處地之恕道，佛氏有現身說法之方便，這是同情的極軌。於美術上時有感情移入的經過，於倫理上自然增進同情的能力。

又今日所陳列的都是木刻畫（Graphic Art），純以黑與白相間而不用色彩，沒有刺激性，而印象特為深刻，這也是這一次展覽會的特色。

一九三八年五月二十日

聖約翰座堂 位於香港中環花園道 4 至 8 號，是香港聖公會香港島教區的主教座堂，為英國早期及中期哥德式建築。1849 年 3 月 11 日落成及祝聖，現已列為香港法定古蹟。日佔時期 (1941 至 1945 年) 被用作日本人俱樂部。蔡元培演講的大禮堂，為現今座堂旁的李堂 (右圖)。今天用作書店及教友文娛中心。

昔日蔡元培演講的大禮堂外貌

今天大禮堂內部

保住蔡先生的精神

　問：老師怎樣理解蔡先生推崇的美育教育？

小思：五四運動後，文化界對該用甚麼思想作為教育核心
　　　有很多討論。蔡先生經過深思熟慮，認為美育可行。
　　　簡單來說，他認為美育是讓人追求心靈美、精神美，
　　　可以淨化美化人性，可成為人的道德力量。用美的
　　　心靈，最能令人性完善。
　　　我這說法或者比較簡化，他有深厚哲學思想學術論
　　　述的。

　問：現今社會，教育好像變得太重視操練，缺乏美感或
　　　心靈的修煉。

小思：你說得對，現在不論教育制度或家教都犯了這毛
　　　病。其實人對美的認同，是一種學習過程，慢慢會
　　　覺得配合其時代、族羣、個性對美的準繩，那共同
　　　約定的美的標準，會成為教育的最重要部分。太重
　　　視操練、量化，會使人變得僵化。

問：蔡先生的墓碑自 1978 年由北京大學的留港台校友，把
　　最初一塊單石碑改成四塊青石連成的碑後，本來觀
　　感宏大的，今回來上墳，卻變成很擠迫。老師數次
　　呆立搖頭，又讓我細看石碑裂縫，能說說原因嗎？

小思：很久沒來上墳，沒想到變化那麼大。前面大廈林立，
　　台階前後左右又添新墳，連鞠躬致敬時，我們都要
　　站在碑前階上。新加的墳址也分不清該是「5 段 23
　　台資字」還是「5 段 24 台競字」了。

　　特別令我難過的是青石塊之間的裂縫與前後移位，
　　再過些日子無人照料，恐怕會荒涼碎裂了。

　　香港山水有幸，能讓一位偉大的教育家安躺在此。
　　他主張教育應「思想自由，兼容並包」，這是中華民
　　族最需要學習的。香港人，有幸親近蔡先生這種精
　　神，保住這精神，保住他的碑，是我們的責任！

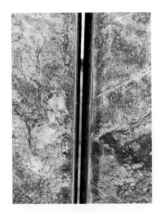

青石塊間已現大縫隙

蔡元培墨跡：「實事求是」

穿着淺灰色布長衫的中年人，
　　　用他濃厚紹興鄉音
　　　向台下的人講話——
　　　　　　　台下，
幾乎全是聽不懂他的話的香港人，
　　　靠着另一個人的翻譯，
　　　　專注地聆聽……

魯迅

中國文學家

生平（1881-1936）

1881 年　出生於浙江紹興，原名周樹人，字豫才。

1918 年　首次以「魯迅」為筆名，發表白話小說《狂人日記》。以後著述良多，收入《魯迅全集》。

1936 年　10 月 19 日在上海病逝，享年 55 歲。

香港足跡

1927 年　2 月魯迅應邀到香港作了兩場演講，表達了對中國命運的關切和求變的信念，兩天的講題分別為：

〈無聲的中國〉（1927 年 2 月 18 日）

〈老調子已經唱完〉（1927 年 2 月 19 日）

彷彿依舊聽見那聲音

文 / 小思

　　荷里活道，真是一條奇妙的街。舊房子一幢幢拆掉，新大廈紛紛建起來，可是，整條街，仍鎖纏着古老、歷史的氣味。一個尋常午後，試試漫步其中，你會驚訝：這是八十年代的香港面貌嗎？真真假假的「歷史」，沉默地擺在櫥窗裏、地攤上，並不標明價格，等待識貨的人來！

　　從皇后大道中往山上走，也許你給弓弦巷和摩羅上街的小攤、穿得並不光鮮卻聚精會神在討價還價的人羣吸引，停住了腳步，埋在某一個小堆中，出神聽他們怎樣用最粗卑的語言，說着一塊他們心愛的古雅玉器。然後，你再往樓梯街向上走，穿過荷里活道，再從文武廟旁邊經過，抬起頭來，就會看見一座紅磚塔，塔上嵌着「青年會」三個大字。看清楚，其實，那不是塔，只是一大座紅磚房子的突出部分，它坐落在必列者士街五十一號……

　　二月十八日，正下着一場大雨，晚上九點鐘，基督教青年會的小禮堂，顯得反常地熱鬧，五六百人在裏面，等待聆聽一個陌生的聲音。「以我這樣沒有甚麼可聽的無聊的演講，又在這樣大

香港中華基督教青年會 - 必列者士街會所

雨的時候，竟還有這許多來聽的諸君，我首先應當聲明我的鄭重的感謝。我現在所講的題目是：〈無聲的中國〉……青年們先可以將中國變成一個有聲的中國。大膽地說話，勇敢地進行，忘掉了一切利害，推開古人，將自己的真心的話發表出來……只有真的聲音，才能感動中國的人和世界的人；必須有了真的聲音，才能和世界的人同在世界上生活……」

二月十九日，還是下着雨，下午，小禮堂仍坐滿站滿了人，陌生的聲音又從小舞台上傳開：「……我想，凡有老舊的調子，一到有一個時候，是都應該唱完的，凡是有良心、有覺悟的人，到一個時候，自然知道老調子不該再唱，將它拋棄。但是，一般以自己為中心的人們，卻決不肯以民眾為主體，而專圖自己的便利，總是三翻四覆的唱不完。於是，自己的老調子固然唱不完，而國家卻被唱完了……」穿着淺灰色布長衫的中年人，用他濃厚紹興鄉音向台下的人講話——台下，幾乎全是聽不懂他的話的香港人，靠着另一個人的翻譯，專注地聆聽……

你從紅磚屋的正門進去，小禮堂小舞台還在。也許，這時候，你站在裏面，彷彿仍聽到那陌生的聲音，雖然，那已經是六十年前的聲音了。

是的，是魯迅，一九二七年的二月，由中國到香港來，在青年會作了兩次演講。當年，香港給魯迅的印象並不好，但卻並不妨礙他對香港年輕人的殷殷寄望。他說：「就是沙漠也不要緊的，

沙漠也是可以變的。」在兩次演講中，他也表達了對中國命運的
關切和求變的信念。

六十年過去了，你試試站在古老的小禮堂裏，依舊，彷彿聽
見魯迅的聲音。

一九八七年五月

青年會側翼

香港中華基督教青年會 - 必列者士街會所　建於 1918 年，以紅磚和綠瓦頂建成，糅合西方新古典主義及中國元素，內部設有室內跑道及首個室內泳池。落成至 1966 年，為香港中華基督教青年會總辦事處；日治前被徵用作防空救護隊半山區 A 段總站，收容難民；日治期間被日政府用作日語及德語學校。建築物現用作庇護工場及青少年服務中心，並評為香港一級歷史建築。

魯迅赴港演講瑣記 [1]

文 / 劉隨

編者按：一九二七年一月魯迅從廈門大學來廣州中山大學任教，二月中旬應邀赴香港講演。關於魯迅赴港經過始末，長期以來成為魯迅研究中的空白。現劉隨先生以當時直接參加接待的工作者的身份，為讀者在這方面提供了極為難得的寶貴史料。劉隨先生當年出於對魯迅的崇敬，主動記錄了魯迅所作〈無聲的中國〉、〈老調子已經唱完〉兩次講演，並經過魯迅先生親自修改，使得這兩篇重要文章能留存於世，讀者對此當必表示歡迎。

一九二七年一月中旬，魯迅從廈門來到廣州，任中山大學教務主任兼文學系主任，消息傳來香港，引起廣大青年和文化界人士的重視和關注。時正在香港大學教學的黃新彥博士（他曾留學美國，對文學有很深的造詣，當時還兼任了香港《中華民報》總編輯），出於對魯迅的景仰，也希望魯迅來香港打破文壇上的沉寂空氣，以推動新文學運動的開展，因此以香港基督教青年會的名義主動邀請魯迅前來講學。

魯迅於二月十八日午後抵達香港，同來的還有許廣平。據魯迅日記云：「寓青年會」，但據我的記憶似不寓青年會，而是住

---

① 原文刊於一九八一年九月二十六日香港《文匯報》第十三版，按語出自該報編者。

在皇后大道中的勝斯酒店，負責出面接待的除了黃新彥博士，還有黃之棟先生（時任《華僑日報》副刊編輯）和我。

魯迅在香港曾作了兩次演講，第一次題目是〈無聲的中國〉，時間是魯迅抵港當天晚上；第二次講題是〈老調子已經唱完〉，於十九日下午講，兩次都是由許廣平任翻譯。

兩次講演會都由黃新彥博士主持，開始時他曾向聽眾簡略地介紹過魯迅的文學創作活動。前來聽講的絕大部分都是青年文學愛好者，也有些是中年文藝界人士，都是慕魯迅名而來的。由於魯迅名氣大，又是首次來港，因此來的人頗不少，約有五、六百人，把坐落在荷里活道必列者士街的基督教青年會（原皇仁書院背後）的小禮堂擠得滿滿的，而且由於座位不夠，有些遲來者，只好站着聽講。記得魯迅兩次來講演時都穿着淺灰布長衫，腳上是陳嘉庚黑色帆布膠鞋，吸的是當時售價每包兩角的近於廉價的美麗牌香煙，煙嘴還是套上象牙的。講演前在招待室裏，魯迅不停地一支接着一支抽煙，似乎由於將要講話多時，非飽吸香煙不可。由於魯迅是浙江紹興人，帶着濃厚的家鄉口音，話很不好懂，但許廣平翻譯得很好，活潑、傳神，所以聽眾精神非常集中專注，而且自始至終都情緒飽滿、熱烈。因為有翻譯，正好使我得以從容做筆記。

當時香港文壇頗冷落，文學藝術活動如萬籟無聲。一些青年人對此很有感慨。因此，在開講前，我們曾向魯迅談及香港這種

文壇上的荒涼現狀，並埋怨環境太差，稱之為「沙漠之區」，魯迅當時頗不以為然，他認為這種估計未免太頹唐了，他表示自己相信將來的香港是不會成為文化上的「沙漠之區」的，並且還說：「就是沙漠也不要緊的，沙漠也是可以變的！」此話當時給我的印象非常深刻。

我當時正在香港以教書為活，平日就很喜歡閱讀魯迅的作品，把他當時所出版的單行本，差不多全都看過了，特別是很為他作品反映的深邃思想、銳利眼光、獨特文風所吸引，而對他的作風為人也很欽敬，所以除了協同黃新彥博士熱情接待外，在魯迅講演時，我自己又主動將兩次講演詳細記錄下來，因為平時對魯迅的文風、特點有一定程度的了解，加上許廣平的翻譯又流暢、生動、傳神，所以我的記錄能大體保持了魯迅文章的風格特色。

黃新彥博士和我們等幾個參加接待的人，都覺得魯迅兩次講演很好，很深刻，切中當時香港的現實，有助於青年人更好地認識自己，認識社會，奮發向上，使文壇興旺起來，因此都主張把講稿加以整理，送去報館發表，讓更多的青年能感奮而起。因當時其他人都沒有記錄，只有我記了，大家就要我將記錄稿整理出來。我覺得義不容辭，所以鼎力承擔，並且很快就整理好，於二月底隨稿附信寄給在廣州的魯迅先生，請他過目校正。魯迅在三月二日的日記中記了這件事：「得劉前度信並講稿。」並且在三

月三日就修改好附信寄還給我，魯迅在四日的日記中也有記載：
「上午覆劉前度信並還稿。」魯迅給我的信，我一直保存了好幾
年，直至一九三六年魯迅逝世後，知道許廣平徵集魯迅遺跡，所
以我就將原信主動寄給景宋了。魯迅退還我的講稿只修改了很少
幾個地方，因為時間已過去半個多世紀了，具體改了哪幾個地
方，已無從追憶了。

講稿收到後，曾即送去《華僑日報》，記得只登了一篇，另
一篇〈老調子已經唱完〉，因故沒有刊出。

魯迅是二十日晨離開香港的，走時，黃新彥博士和我們幾個
參加接待的人都去熱情送別。

魯迅來香港演講距今已五十四年了，因為時間相隔太久，只
能作這樣一些大體的憶述。

一九八一年二月七日

劉　隨　又名劉前度，香港詩人及書法家，曾任官立漢文中學（金文泰中學前身）教師。
善隸書，1951 年為金文泰中學校歌填詞。

趙今聲教授談魯迅訪港經過

文 / 劉蜀永

　　為紀念香港大學成立八十周年，筆者主持編寫了《一枝一葉總關情》一書，並已由香港大學出版社出版。內地許多老校友撰寫了傳記和回憶錄。其中趙今聲教授撰寫的〈八十八歲自述〉一文曾簡要介紹他當年邀請魯迅訪港的經過。他寫道：

　　「一九二六年北伐戰爭開始後，捷報不斷傳來，我精神振奮。激於愛國熱情，我振筆撰文，鼓吹革命，歡呼北伐戰爭勝利，投稿香港《大光報》。《大光報》總編輯陳卓章從嶺南大學畢業不久，血氣方剛，熱心革命，對我寫的文章深加賞識，到香港大學宿舍登門拜訪，對時事交換意見，頗多共識。該報決定聘我為社外編輯，每周寫三篇社論，每月酬金四十元。

　　省港大罷工之後，香港政府加強統治，政治空氣沉悶。為喚起香港人民革命熱情，一九二七年春，我以《大光報》名義，邀請在中山大學講學的魯迅先生從廣州到香港。二月十八日下午，魯迅到港。當晚，我在基督教青年會食堂設便宴，招待魯迅夫婦及陪同人員葉少泉。我準備了黃酒，魯迅先生興致很濃，喝了好

幾杯。十九日下午，魯迅在青年會禮堂為香港知識界做報告，講題是〈老調子已經唱完〉。香港《大光報》及《華僑日報》均登載了他的講話。對香港產生了廣泛影響。」

趙今聲教授生於一九○三年，一九二六年畢業於香港大學。他從事高等教育工作六十餘載，歷任河北工學院院長、天津大學副校長、全國人大代表、天津市政協副主席，為國內著名的港口工程專家。他從未將邀請魯迅訪港一事作為資本加以炫耀，只是到一九九一年應我們的邀請撰寫自傳時，才簡要披露此事。

今年春季筆者應邀赴港參加《一枝一葉總關情》首版發行儀式，順便訪問香港中文大學，承蒙該校中文系高級講師盧瑋鑾小姐將其編著的《香港文學散步》一書相贈。讀後感到這是一本內容和形式都很新穎、頗有價值的好書。書中收錄的〈魯迅赴港演講瑣記〉（署名劉隨）一文，引起筆者特別注意。該文說，一九二七年二月魯迅先生赴港演講，是香港大學教師兼香港《中華民報》總編輯黃新彥以香港基督教青年會的名義邀請的。在港參加接待的人除了黃新彥，還有《華僑日報》副刊編輯黃之棟和劉隨本人。魯迅住在皇后大道中的勝斯酒店。後來劉隨曾將記錄稿整理，寄往廣州請魯迅先生過目校正。

筆者離港返京後，將劉文影印本寄往天津，徵詢趙今聲教授的看法。趙教授前後四次來函述說真相。筆者閱後感到，他的來信不僅有助於澄清事情真相，而且對於研究魯迅和了解當

時香港與廣州社會狀況亦有一定參考價值。徵得趙教授同意，現將信中內容整理成文，奉獻給讀者參考。

趙今聲教授説：「黃新彥確有其人，我也認識，但他並未參與邀請工作，更未主持演講會。魯迅在香港的演講會是我主持的。劉文有不少漏洞。首先，魯迅赴港演講是我通過在廣州的老鄉葉少泉邀請的，並由他陪同前往。劉文根本未提葉少泉，似乎那次由廣州到香港的只有魯迅與許廣平。其次，魯迅在香港住在基督教青年會，葉少泉也住在那裏，我請他們吃飯就在青年會二樓食堂。魯迅日記中也説：『寓青年會』。劉文卻説他住勝斯酒店。再者，我是以《大光報》名義邀請魯迅赴港的。劉文卻説是黃新彥以基督教青年會名義邀請的。基督教青年會能邀請革命文學家魯迅演講嗎？」

葉少泉是促成魯迅訪港的重要人物之一。據《魯迅日記》記載，此次赴港前，在二月五日、十日和十七日，葉少泉曾三次拜訪魯迅。筆者認為，這很可能與安排魯迅訪港有關。應筆者要求，趙今聲教授介紹了他與葉少泉交往的經過。他回憶説：「我和葉少泉是在廣州認識的。一九二六年，我曾任香港《大光報》社外編輯，在該報發表不少文章和社論，歡呼北伐戰爭的勝利、宣傳三民主義，引起廣州國民黨總部青年部注意。他們邀請我去廣州參觀革命勝地，如黃花崗烈士墓、士敏土廠孫中山大元帥府等。陪同參觀的人有葉少泉，當時四十多歲，河北省保定人。我曾

昔日魯迅演講的禮堂，現今為庇護工場。

在保定育德中學讀書，對保定情況很熟悉，因而我們一見如故，他還邀我去家裏吃餃子。我在香港大學讀書時，住在明原堂儀禮翼（Elliot Hall）二樓二十五號。一九二七年初我畢業後，學校不允許再住下去，我就搬到學校主樓對面的聖約瑟堂（Saint John's Hall）。這是教會辦的宿舍，住在其中的也都是港大學生，但允許畢業生居住。我一個人住一間房。葉少泉是廣州國民黨總部青年部的交通員，常往香港送黨的宣傳品。他同時也是國民黨總部與港大國民黨組織的聯絡人。他來港後常住在我的房間。當時國民黨在香港被禁，不能公開活動，住在我那裏既方便又安全。通過葉少泉，我了解到香港大學國民黨地下組織的一些情況。港大國民黨組織負責人是教務處一位職員鄭文光（廣東人）。我的同班同學姚振家（上海人）也是國民黨員。有一次，葉少泉和我談起，他認識魯迅先生。我就產生了請魯迅赴港演講的想法，希望活躍一下香港的政治空氣。我請葉少泉和魯迅商量。他去魯迅處好幾趟，將事情決定下來。商定之後，我才同《大光報》發行人葉成商量，用《大光報》名義印入場券。他同意了，但他不出面招待，《大光報》也不負擔魯迅的食宿交通費用。我只好自己掏腰包。當時沒有出租禮堂的習慣，會場是我和青年會商量借用的，沒有收費。到碼頭接送魯迅一行，都是我一個人，沒有其他人參加。」

趙今聲教授說：「我當時沒有將記錄稿送魯迅校閱，是我的

疏忽。可能劉隨當時是一名聽眾。他做了記錄，並曾送魯迅校閱。這是有功勞的，應該肯定。但說魯迅赴港演講是黃新彥邀請，黃之棟和劉隨曾參與接待，並無其事。應該將真相告訴後人。」

《香港文學》，一九九三年十月一日，一〇六期

劉蜀永 （1941-） 歷史學家，專門研究中外關係史、香港史。香港嶺南大學榮譽教授。著有《簡明香港史》、《劉蜀永香港史文集》等。

聽魯迅君演講後之感想

文 / 探秘

　　周魯迅君的作風，他未到港之前，我曾經略為介紹了，他這回到港，本來只演講一天，後來因為與他同約偕來的孫伏園君，因有別故，未克到此。（聽說他前赴韶關）。所以周君除於禮拜五晚在青年會演講〈無聲的中國〉之外，遷於禮拜六日再在那裏演講〈老調子已經唱完〉一題。當他那晚演講〈無聲的中國〉時，聞說往聽的人太多，聽講券不敷分派，致多有向隅之感。我那晚又着冗務所羈，未能前往，我因此非常抱憾。故於他再復演講之時，決意跑往一聽。我這回聽他演講，實在獲益不淺，但是又不禁感慨系之。

　　我以為當日聽眾和我表同情的必不少其人。我們從當日他演講到最興會淋漓之時，座眾的鼓掌聲裏，便可測知了。他初始登臺時所演講的話，甚麼堯舜呵，唐呵，都很像沒有甚麼精妙。及復說到宋朝王安石的變法一段議論，我便領會他的意思了。本來王安石之行新法，實在很合「窮則變變則通」的道理，但是他卒至失敗，這就並非新法之不可行，他不過行之不得其法罷了。宋

儒對於王安石很多不滿之論，今回魯迅替他鳴不平，實獲我心。魯迅君批評宋朝王安石之後，接着批評元明清，他這些議論，都是說當時君主「愚黔首」的政策等不可行，其立論之點與批評唐宋同，都是發揮題中老調子唱完了的意義，但是這點我都不覺得他精妙。

因為這些話是人人所能道得出的，但是沒有這些話，又不能引申出他末尾的幾句議論。他說：坐監是安全的，是沒有被人搶竊不虞的，但雖是安全，可是他失卻自由了。這些話是很深刻的，我以為魯迅君非經過監獄修養，嘗過鐵窗風味，斷不能為此言。他說到這裏，便告演講終止，可知千里來龍，都是結穴在此處也。

他這回演講，對於文藝，很多發揮，從唐宋元滿清的文藝，說到歐洲大戰後的各國文藝，都加以批評，都深致不明。他說這種貴族式的文藝，於民間的痛苦，漠不相關，實非真正的文學。這種文學是老調子，已經唱完了，不宜再彈，必須另彈別調。創造一種新思想的新文藝，與社會民眾生有密切關係的，然後文學前途，方有一線曙光。這種文學的革命論，本來中國自從四五運動後，已有很多人說過，不是魯迅君所創言，但是近年來香港的言論界，還少新的傾向，魯迅君今回來港，以這些為禮物，敬贈於青年，我又覺得他頗為適合。魯迅君演講的姿勢，頗有崖岸自高的氣象，不作溫和的表情，大抵他是血性的人，所以所講的話都含有嚴肅之氣。這種神態，合於演講的姿勢，可不深論，但是

他所發揮的話確有意在言外之妙，這是很可喜的。

末了，我還有一句話，這回魯迅君演講，是得一位中山大學助教許廣平女士為他翻譯，許女士畢業於北大，對於國語，素是研究，故為他作舌人，勝任愉快。聽講的人很佩服她，感激她，惟以演講者又中國人，聽講者又為中國人，而須中國人為之翻譯，這真是笑話之極。國語之提倡，實不容緩了。魯迅所穿的衣服，是愛國布袍，所穿的鞋，是中國式的布鞋，茸茸的鬍子，長長的頭毛，道貌盎然，活現一學者的容貌。觀其狀，頗題抱殘守缺的冬烘先生，決不是趨新之一流，但他的言論，都是極端的趨新的。以貌取人，真失之子羽了。

《華僑日報》，一九二七年二月二十三日

探　秘　筆名，生平不詳。

會晤魯迅先生後

文 / 濟時

那天我見了報上登載本港青年會，延請周魯迅先生與孫伏園先生來港演講，心裏以為這是一種奇蹟。本港的思想界，一向壓伏在頑固陳舊的勢力下，沒有一點生氣。所謂藏書樓，非線裝古書不收。一部分所謂文人，伏閉在夢裏，擬擬秋興賦，擬擬歸田園詩，擬得個不亦樂乎。我在香港賣文三年，竭力提倡適應潮流的文化，但所得的效果，渺乎其微。耳邊聽得某某學校增加讀經鐘點，幾乎令我與人辯論進化律失了根擬。這次竟有人請魯迅伏園演講，可見新的分子已漸多，外觀這事總似奇蹟，而實是當然的現象。

魯迅先生是近代一個文學家，凡是讀過《喊吶》[1]與《語絲》的，想莫不承認，他以冷靜的態度，紓寫忠實的心懷，在《征人日記》[2]等篇裏，雖然似乎是嫌惡中國人，咒罵中國人，但他畢竟忘不了中國，畢竟是愛中國，所以努力於「掃除國賊」的運動。

---

① 應為短篇小說集《吶喊》。② 應為《狂人日記》。

甚至有人稱他為青年叛徒的領袖，思想界的威權者。但魯迅畢竟還是魯迅，他的文字總是坦率大膽的諷刺，而態度極嚴正，深得「幽默」的氣味。只談談的幾句冷雋語，便顯露出那些牛鬼蛇神的本來面目。不像《晶報》派放情刻畫，盡相窮形，一覽反沒有餘味。我因此而是一個《語絲》的愛讀者。

伏園先生是我的北大同努，他創作雖少，但他主編北京《晨報》和《京報》附刊，介紹新知，亦很學力。與他握別五年多了，這次聽見他與魯迅先生同來，極喜得一快歘，所以雖在百忙裏，仍打聽他兩來港的消息和住址。直至十八日下午，聽見已到了青年會，即冒雨前往。見魯迅先生坐在桌子當中，並知伏園已赴漢口辦報，我告魯迅以香港思想界的頑固，請他務須痛下針砭，後來他在演講〈無聲的中國〉裏，恰好對症下藥，他對我說：「那就從顯淺方面說去罷」，這或是我對不起座中高明的聽講者，請不要怪魯迅先生講得不十分精闢。

我又向他請教許多文學上的問題，問以中國文學將來的趨勢，他謂這問題太大，未曾詳細考慮過。請教他對於詩的意見，他謂從未研究詩與劇本。他謂文學究不能盡平民化，各有各的心懷，這與我的意見完全一致，我因近代青年多感煩悶，推求其故，受了消極悲觀文學的感染，實一重因。所以對於青年文學讀本，早有改編的意見，魯迅先生極以為然，他謂古來文人卻是嘆窮訴苦，即近代作品，亦滿佈了悲感，很不適宜於青年誦讀。請教他

以日本最近的大文學家和重要文學著作，他謂近幾年未到日本，未留心到這方面，不能知其詳情。這不是他吝教，便是他過謙。請教他最近有甚麼創作，他謂近年忙於教務，連讀書的時間亦沒有，作品更少。看他撰著了《喊吶》、《彷徨》、《熱風》、《野草》、《曉》、《華蓋集》，翻譯了《桃色的雲》、《一個青年的夢》、《工人綏惠略夫》、《愛羅先珂童話集》、《苦悶的象徵》、《出了象牙之塔》和編了《中國小説史略》、《小説舊聞鈔》等。在我一方，雖自慚不及，但以魯迅先生創作的天才，作品不應限於上午這些，所以希望他更為偉大的創作，多替中國人説幾句話。

末了，魯迅先生還介紹我，謂北大同學，近編刊《新生》③，頗有價值。可惜沒法入目，徒令垂涎三尺。即魯迅先生亦以不能盡閲為憾。唉，中國的交通，唉，中國的現狀，中國的文化。

《華僑日報》，一九二七年二月二十四日

濟　時　筆名，生平不詳。

③《新生週刊》由北京大學新生社編輯發行，一九二六年十二月創刊，一九二七年十月停刊，出版至第二十一期。

　　魯迅在香港的兩場演講，內容很嚴肅，也不單講給香港人聽，反正能入場的香港人並不多，他要借這個英國殖民地南方小島，作為他對自己國家的關注與提醒──香港歷來都能給人提供許多發言空間。

　　〈無聲的中國〉在當年的報上刊出了，但另一篇講詞〈老調子已經唱完〉，卻因故沒有刊出，甚麼緣故，當事人沒說，大概談的太敏感，報館不想登。

　　我特別選了這兩篇文章，長是長了些，但現在讀起來，慢慢細味，不禁驚訝：文章不老。魯迅用刀一般的筆觸，直剖中國文化和國情。今天大家都嚷着求新求變，可是，老調子還是不少，好的壞的，仍混雜一籮筐。一九二七年，魯迅說老調子已經唱完，你說呢？

　　至於〈無聲的中國〉，好像全在說反對古文，但今天讀來，卻有令人驚心動魄的意思。

魯迅香港演講詞〈無聲的中國〉，由許廣平傳譯，劉隨、黃之棟記錄。原載《華僑日報》，一九二七年二月二十一日。此文未經魯迅修改。

周魯迅先生演說詞

〈無聲的中國〉①

傳譯 / 許廣平　筆記 / 黃之棟　劉前度

　　以我這些不值得人聽的演說，在今晚這樣落雨，諸君仍然這樣高興到來聽講，我覺得萬分榮幸，應該感謝的。現在的講題，是〈無聲的中國〉，無聲是甚麼的意思呢？北方浙江陝西正在打仗，人們到底是笑着還是哭着，香港是很太平，人們到底是很快樂，我們總不見到一點聲音，見不到一點表示。我們總總的思想，都是靠着言語或文章來表示的，我們中國現在沒有文章，所以我們怎樣痛苦或快樂，總不能叫喊一聲，這種情狀，不是在於我們之罪過，而是我們的祖宗遺下這一種難於運用的遺產 —— 文字 —— 故此文字，就是有些也不適合今日的中國。何以呢，當時見着一個人，譬如是姓張的，問他張字怎樣寫法，他只得用英文字母 CHEUNG 拼成，算做完滿的答案。如此狀態，算得中國有文字嗎？既然沒有文字，哪裏有把感〔　〕〔　〕②表的可能？

---

① 此文採未經魯迅修改本，以存當年報上所見原貌。　② 原件字跡模糊，無法辨認者，以〔　〕代之，每一〔　〕代表一個字。而排錯的字也不代為更正，讀者不妨找《魯迅全集》細看。

中國不是人人會作文章，所以現在有一半是不會說語，一半人是說古話的。簡直說一句，便是互相不說話，這便是中國沒有聲音了。

野蠻人與文明人是不同，比較起來，文明人勝得多，因為野蠻人沒有文字，文明人有文字，能夠把他們的思想與感情發表出來，互相通達，又可傳給後人看。中國從前有文字，現在卻沒有，有，到底是等於無，因此中國人如散沙一般，音聲不通，這是交通不便的原故。或者到交通利便的時候，自然會產生一種相當的言語來。許多中國人，利用別國言語來和中國人談話，這是別國有聲，中國人無聲，不是自己講話，是別國替中國說話。中國的文章，早就一律當作古董看，古董式的文章寫出來，是大家不相〔　〕的，然而看不懂的文章，便算是最好的文章，看不懂他的，便是呆人。他所說的話和思想都是古時的，這種文章不是現在的聲音，通通是古代的聲音，所以中國現在沒有聲音。現在古董式的文章，是受古時的影響——滿清——在明朝，尚有些人大膽說話，到了清朝，如果有人做文章，帶上有歷史和時間關係，便把他殺了，所以乾隆間完全沒有議論發揮識字的人，單獨鑽向古書裏去，發古議論與時代是沒有關係的。因此在古文裏總看不出新的感情，整日裏模仿韓昌黎柳宗元蘇東坡，如必要模仿古人這些文章，而當作是自己的，我們不是生在唐朝宋朝，而偏要做唐朝宋朝的文章，說唐朝宋朝的話，這便是不是現在的聲音？所以

有聲音，都是等於零罷〔 〕我們被人家毆打、污辱、謾罵，或覺得痛苦，然總不能出一句聲，試看「清日戰爭」、「拳匪之亂」的時候，不見有甚麼書籍著作出來，表示我們的意思。老實說句，中國近四萬萬人，已經完全死了，不死也啞了。

來有人盡命的叫喊 —— 作死的叫喊 —— 說來是很平常，胡適先生在四五運動前一年提出文學革命，革命兩個字，在這裏不知可害怕否，但早已把北京政府嚇得心驚膽震了。但這一個所謂革命，是不用怕的，換句話說，即是文學革新。革新的意思，不過是不說已死的人的話，不看文章做古董式。革新文學，就須同時革新思想，革新思想的結果是革新社會的運動，因此，就有反動做成雙方的戰鬥，在酣戰中，他的結果，很難預料，但這個局面卻很易解決，不過中國人不十分爭論，這樣爭論是很平常，應該要更加厲害纔是。在胡適之以後，有一位錢玄同，提倡廢棄中國文字，改用羅馬字母，引起一班老先生反對，專向他攻擊，但現在卻有新文學的發生，中國人有種特性，甚麼新事物都要反對，但一有了更新的，就反對更新的而贊成新的，現在舉一個例。

譬如我提議在這一塊壁開個窗子，大家大抵要反對，我因為要這一所房子空氣充足，就再提議把房子拆去，就有一班人出來調停，快把窗的提案通過了。今日的白話文是存在於錢先生運動以後，中國人是守舊的，常說古文各省人都懂，白話文因為各地方方言不同，所以很不利便，但一則交通和教育發達，就可免卻

又有人説，古書多麼好，一旦廢棄，非常可惜，但好的古書總可以用白話寫出來。還有一説，用淺近的古文來做文章便好了，只要思想革命，不要文學革命。這話似乎有理，但假如一個人不肯把他的長的指甲剪去，他便不肯剪去他的辮子。

據我的意見，凡我們中國現代的人，應該要説現在的話，才能夠把我們的思想和情感互相傳達。我們的青年，不要説孔子的話，孟子的話，只要説我們的話，因為時代不同，思想也不同。孔孟時代香港不是這樣的，孔子並不知〔　〕香港怎樣，所以你説孔子的話，與你現在的環境是〔　〕〔　〕連的。你做新文學時，少不免有些舊學家反對，他們常説「白話是口講的，人人會的，是沒有價值的，不該做的」，又説「你還年輕，不要胡説亂説話」。我以為不要緊，年輕儘可説年輕的話，幼稚總有成熟的時期，只不要把自己的智慧老了，殘廢了，説「年輕不該做文章」的人。比較一個村嫗智〔　〕還低一點，一個村嫗斷不會因她的孩子學走路時跌了一交，而受微傷，就硬逼他睡在房裏，而至於長大成人，纔去走路你們要膽大的做去，不顧失敗與成功，總要嘗試。你們更要説你的真話，如果你要模仿孔子的話，不難就變了一句「闊矣哉香港為地也」，豈不滑稽嗎，你要把滑稽的東西廢棄一切，而保持一種文學寫真的態度，做文學創造的工夫。如回想到古人或富人，或想去騙人，真的態度，就完全消失了，做文學應該忘記世界的一切利害，而成一時代的新物。這種聲方可感動世

界，然後方可互相了解。欲要世界明白我們說話，用舊感情舊思想是不行的。在座諸君不少精通外國文的人，試看沒有新文學的民族，都已滅亡了。埃及有新的文學嗎？安南有新的文學嗎？印度除了泰戈爾外，有新的文學嗎？在中國有兩條路，我們應擇善而從的。

（一）情願保存古文而甘滅亡；

（二）犧牲古文而圖生存，我以為我們應該要向第二條路走，不然滅亡之後，那些古文留給誰人享用呢？

《華僑日報》，一九二七年二月二十一日

老調子已經唱完

—— 一九二七年二月十九日在香港青年會演講

演講 / 魯迅

今天我所講的題目是〈老調子已經唱完〉：初看似乎有些離奇，其實是並不奇怪的。

凡老的、舊的，都已經完了！這也應該如此。雖然這一句話實在對不起一般老前輩，可是我也沒有別的法子。

中國人有一種矛盾思想，即是：要子孫生存，而自己也想活得很長久，永遠不死；及至知道沒法可想，非死不可了，卻希望自己的屍身永遠不腐爛。但是，想一想罷，如果從有人類以來的人們都不死，地面上早已擠得密密的，現在的我們早已無地可容了；如果從有人類以來的人們的屍身都不爛，豈不是地面上的死屍早已堆得比魚店裏的魚還要多，連掘井、造房子的空地都沒有了麼？所以，我想，凡是老的、舊的，實在倒不如高高興興的死去的好。

在文學上，也一樣，凡是老的和舊的，都已經唱完，或將要唱完。舉一個最近的例來說，就是俄國。他們當俄皇專制的時代，

有許多作家很同情於民眾，叫出許多慘痛的聲音，後來他們又看見民眾有缺點，便失望起來，不很能怎樣歌唱，待到革命以後，文學上便沒有甚麼大作品了。只有幾個舊文學家跑到外國去，作了幾篇作品，但也不見得出色，因為他們已經失掉了先前的環境了，不再能照先前似的開口。

在這時候，他們的本國是應該有新的聲音出現的，但是我們還沒有很聽到。我想，他們將來是一定要有聲音的。因為俄國是活的，雖然暫時沒有聲音，但他究竟有改造環境的能力，所以將來一定也會有新的聲音出現。

再說歐美的幾個國度罷。他們的文藝是早有些老舊了，待到世界大戰時候，才發生了一種戰爭文學。戰爭一完結，環境也改變了，老調子無從再唱，所以現在文學上也有些寂寞。將來的情形如何，我們實在不能豫測。但我相信，他們是一定也會有新的聲音的。

現在來想一想我們中國是怎樣。中國的文章是最沒有變化的，調子是最老的，裏面的思想是最舊的。但是，很奇怪，卻和別國不一樣。那些老調子，還是沒有唱完。

這是甚麼緣故呢？有人說，我們中國是有一種「特別國情」。——中國人是否真是這樣「特別」，我是不知道，不過我聽得有人說，中國人是這樣。——倘使這話是真的，那麼，據我看來，這所以特別的原因，大概有兩樣。

第一，是因為中國人沒記性。因為沒記性，所以昨天聽過的話，今天忘記了，明天再聽到，還是覺得很新鮮。做事也是如此，昨天做壞了的事，今天忘記了，明天做起來，也還是「仍舊貫」的老調子。

第二，是個人的老調子還未唱完，國家卻已經滅亡了好幾次了。何以呢？我想，凡有老舊的調子，一到有一個時候，是都應該唱完的，凡是有良心、有覺悟的人，到一個時候，自然知道老調子不該再唱，將它拋棄。但是，一般以自己為中心的人們，卻決不肯以民眾為主體，而專圖自己的便利，總是三翻四覆的唱不完。於是，自己的老調子固然唱不完，而國家卻已被唱完了。

宋朝的讀書人講道學、講理學，尊孔子，千篇一律。雖然有幾個革新的人們，如王安石等等，行過新法，但不得大家的贊同，失敗了。從此大家又唱老調子，和社會沒有關係的老調子，一直到宋朝的滅亡。

宋朝唱完了，進來做皇帝的是蒙古人——元朝。那麼，宋朝的老調子也該隨着宋朝完結了罷，不，元朝人起初雖然看不起中國人，後來卻覺得我們的老調子，倒也新奇，漸漸生了羨慕，因此元人也跟着唱起我們的調子來了，一直到滅亡。

這個時候，起來的是明太祖。元朝的老調子，到此應該唱完了罷，可是也還沒有唱完。明太祖又覺得還有些意趣，就又教大家接着唱下去。甚麼八股咧、道學咧，和社會、百姓都不相干，

就只向着那條過去的舊路走，一直到明亡。

清朝又是外國人。中國的老調子，在新來的外國主人的眼裏又見得新鮮了，於是又唱下去。還是八股、考試，做古文、看古書。但是清朝完結，已經有十六年了，這是大家都知道的。他們到後來，倒也略略有些覺悟，曾經想從外國學一點新法來補救，然而已經太遲，來不及了。

老調子將中國唱完，完了好幾次，而它卻仍然可以唱下去。因此就發生一點小議論。有人説：「可見中國的老調子實在好，正不妨唱下去。試看元朝的蒙古人、清朝的滿洲人，不是都被我們同化了麼？照此看來，則將來無論何國，中國都會這樣地將他們同化的。」原來我們中國就如生着傳染病的病人一般，自己生了病，還會將病傳到別人身上去，這倒是一種特別的本領。

殊不知這種意見，在現在是非常錯誤的。我們為甚麼能夠同化蒙古人和滿洲人呢？是因為他們的文化比我們的低得多。倘使別人的文化和我們的相敵或更進步，那結果便要大不相同了。他們倘比我們更聰明，這時候，我們不但不能同化他們，反要被他們利用了我們的腐敗文化，來治理我們這腐敗民族。他們對於中國人，是毫不愛惜的，當然任憑你腐敗下去。現在聽説又很有別國人在尊重中國的舊文化了，哪裏是真在尊重呢，不過是利用！

從前西洋有一個國度，國名忘記了，要在非洲造一條鐵路。頑固的非洲土人很反對，他們便利用了他們的神話來哄騙他們

道：「你們古代有一個神仙，曾從地面造一道橋到天上。現在我們所造的鐵路，簡直就和你們的古聖人的用意一樣。」非洲人不勝佩服，高興，鐵路就造起來。——中國人是向來排斥外人的，然而現在卻漸漸有人跑到他那裏去唱老調子了，還說道：「孔夫子也說過，『道不行，乘桴浮於海。』所以外人倒是好的。」外國人也說道：「你家聖人的話實在不錯。」

倘照這樣下去，中國的前途怎樣呢？別的地方我不知道，只好用上海來類推。上海是：最有權勢的是一羣外國人，接近他們的是一圈中國的商人和所謂讀書的人，圈子外面是許多中國的苦人，就是下等奴才。將來呢，倘使還要唱着老調子，那麼，上海的情狀會擴大到全國，苦人會多起來。因為現在是不像元朝清朝時候，我們可以靠着老調子將他們唱完，只好反而唱完自己了。這就因為，現在的外國人，不比蒙古人和滿洲人一樣，他們的文化並不在我們之下。

那麼，怎麼好呢？我想，唯一的方法，首先是拋棄了老調子。舊文章、舊思想，都已經和現社會毫無關係了，從前孔子周遊列國的時代，所坐的是牛車。現在我們還坐牛車麼？從前堯舜的時候，吃東西用泥碗，現在我們所用的是甚麼？所以，生在現今的時代，捧着古書是完全沒有用處的了。

但是，有些讀書人說，我們看這些古東西，倒並不覺得於中國怎樣有害，又何必這樣決絕地拋棄呢？是的。然而古老東西的

可怕就正在這裏。倘使我們覺得有害，我們便能警戒了，正因為並不覺得怎樣有害，我們這才總是覺不出這致死的毛病來。因為這是「軟刀子」。這「軟刀子」的名目，也不是我發明的，明朝有一個讀書人，叫做賈鳧西的，鼓詞裏曾經說起紂王，道：「幾年家軟刀子割頭不覺死，只等得太白旗懸才知道命有差。」我們的老調子，也就是一把軟刀子。

中國人倘被別人用鋼刀來割，是覺得痛的，還有法子想；倘是軟刀子，那可真是「割頭不覺死」，一定要完。

我們中國被別人用兵器來打，早有過好多次了。例如，蒙古人滿洲人用弓箭，還有別國人用槍炮。用槍炮來打的後幾次，我已經出了世了，但是年紀青。我彷彿記得那時大家倒還覺得一點苦痛的，也曾經想有些抵抗、有些改革。用槍炮來打我們的時候，聽說是因為我們野蠻；現在，倒不大遇見有槍炮來打我們了，大約是因為我們文明了罷。現在也的確常常有人說，中國的文化好得很，應該保存。那證據，是外國人也常在讚美。這就是軟刀子。用鋼刀，我們也許還會覺得的，於是就改用軟刀子。我想：叫我們用自己的老調子唱完我們自己的時候，是已經要到了。

中國的文化，我可是實在不知道在哪裏。所謂文化之類，和現在的民眾有甚麼關係，甚麼益處呢？近來外國人也時常說，中國人禮儀好，中國人餚饌好。中國人也附和着。但這些事和民眾有甚麼關係？車伕先就沒有錢來做禮服，南北的大多數的農民最

好的食物是雜糧。有甚麼關係？

中國的文化，都是侍奉主子的文化，是用很多的人的痛苦換來的。無論中國人、外國人，凡是稱讚中國文化的，都只是以主子自居的一部分。

以前，外國人所作的書籍，多是嘲罵中國的腐敗；到了現在，不大嘲罵了，或者反而稱讚中國的文化了。常聽到他們說：「我在中國住得很舒服呵！」這就是中國人已經漸漸把自己的幸福送給外國人享受的證據。所以他們愈讚美，我們中國將來的苦痛要愈深的！

這就是說：保存舊文化，是要中國人永遠做侍奉主子的材料，苦下去，苦下去。雖然現在的闊人富翁，他們的子孫也不能逃。我曾經做過一篇雜感，大意是說：「凡稱讚中國舊文化的，多是住在租界或安穩地方的富人，因為他們有錢，沒有受到國內戰爭的痛苦，所以發出這樣的讚賞來。殊不知將來他們的子孫，營業要比現在的苦人更其賤，去開的礦洞，也要比現在的苦人更其深。」這就是說，將來還是要窮的，不過遲一點。但是先窮的苦人，開了較淺的礦，他們的後人，卻須開更深的礦了。我的話並沒有人注意。他們還是唱着老調子，唱到租界去，唱到外國去。但從此以後，不能像元朝清朝一樣，唱完別人了，他們是要唱完了自己。

這怎麼辦呢？我想，第一，是先請他們從洋樓、臥室、書房

裏踱出來，看一看身邊怎麼樣，再看一看社會怎麼樣，世界怎麼樣。然後自己想一想，想得了方法，就做一點。「跨出房門，是危險的。」自然，唱老調子的先生們又要説。然而，做人是總有些危險的，如果躲在房裏，就一定長壽，白鬍子的老先生應該非常多；但是我們所見的有多少呢？他們也還是常常早死，雖然不危險，他們也糊塗死了。

要不危險，我倒曾經發現了一個很合適的地方。這地方，就是：牢獄。人坐在監牢裏便不至於再搗亂、犯罪了；救火機關也完全，不怕失火；也不怕盜劫，到牢獄裏去搶東西的強盜是從來沒有的。坐監是實在最安穩。

但是，坐監卻獨獨缺少一件事，這就是：自由。所以，貪安穩就沒有自由，要自由就總要歷些危險。只有這兩條路。哪一條好，是明明白白的，不必待我來説了。

現在我還要謝諸位今天到來的盛意。

魯迅的「言外之妙」

問：《香港文學散步》初版出版後，就誰人邀請魯迅來港演
　　講這話題，有不少新的討論。老師在這次修訂版有
　　了補充，能解說一下嗎？

小思：1991 年第一次編寫《香港文學散步》時，我使用了
　　當時蒐集到劉隨先生的文字記錄。往後，有許多人
　　回憶，有許多人研究，新資料陸續出現，引起很多
　　討論。這是研究進步的成果。眾多討論中，各有論
　　証、各有觀點，到底誰的說法最正確？這很難說得
　　清，因事涉角度的、政治的、個人記憶的、立場的
　　取捨等等不同。這一次我試把其中一些說法擺在讀
　　者面前，讓讀者多些參考資料。

問：老師為甚麼會加入兩篇魯迅演講後聽眾在報上發表的
　　文章？

小思：我常常好奇想像魯迅演講是怎樣的。演講後，香港
　　聽眾又會問些甚麼問題呢？這兩篇文章正好可從中
　　看到一些端倪。〈聽魯迅君演講後之感想〉的作者探

秘很早便知道魯迅來香港，在報章寫一小段預告，演講後再寫文章。他認為魯迅來港用演講作為禮物送給香港青年人。究竟當年香港青年人可以從中得到甚麼訊息呢？我並不知道，可我卻渴望知道今天香港青年人讀到魯迅兩篇演講詞後，有甚麼反應或反省。

另一小段描寫魯迅演講時的姿態的，我也很喜歡。同時代中國人寫的文章，好像沒有如此細緻的描寫，可能他們都見慣了魯迅，只着重他的演講內容，但香港聽眾對他的第一印象，面貌和表情都會特別深刻。相信那「崖岸自高，不作溫和的表情」、「大抵他是血性的人，所以所講的話都含有嚴肅之氣」，都是魯迅的真正表情。而文中還指出魯迅「所發揮的話確有意在言外之妙」。為甚麼會有「意在言外之妙」呢？當時國民黨執政，言論沒有自由，魯迅在中國內地不能暢所欲言，習慣曲筆表達。他到了香港，發現同樣受到英國殖民地政府的掣肘，故他仍然需要曲筆。作家遇上政治壓力而不能直筆而書時，就只有轉幾個彎來表達心中話，作為善讀者，都要深思一些有心作者的言外之妙。

問：濟時寫的〈會晤魯迅先生後〉又有甚麼有趣的觀察？

小思：作者是帶着很多問題、想向大師級的魯迅發問的聽眾。他問了很多，魯迅都沒有回應。有趣的是你會

看到：一個帶着無數大問題的聽眾心裏想聽到的，卻又不是演講者想講的，講者會怎樣回答。例如作者問魯迅最近有沒有留意日本大文學家有甚麼重要創作？魯迅自己有沒有創作？他都說沒有，他不是敷衍對方，因為這些大問題，很難簡略回答得來。最後他還是忍不住介紹了：「北大同學，近編刊《新生》，頗有價值。」值得留意的是魯迅介紹的不是名作家的作品，而是一本北大學生新編的雜誌。如果有心讀者到圖書館去找《新生》雜誌來看看，就知道魯迅關心的是甚麼問題了。這也是我們可以轉個彎去尋求「他的言外之妙」的讀法。

在言論不自由的地方，作為善讀者不能偷懶，要用心細讀有心作者的作品，深探作者提到，卻沒詳細說的資料。

在這時代，快閃的讀法會錯失許多求真機會。

第一卷 第三期

中華民國十五年十二月三十一日出版

短評

英國的提案

Nationalism

擁護五色旗的無聊

日本盔工的待遇

英國在華的帝國主義　　　　　羅泰

新社會的科學和藝術　　　　　號博

政治犯不得引渡的法律根據　　登

改造社會須從改造思想下手　　迁君

牧羊女的籲求（詩）　　　　　濤生

油籬街上的血泉（小說）　　　柔含章

國際聯盟還有存在的理由嗎？（通信）　蕙青

　　　　　　　　　　　　　　孫博

　　　　　　　　　　　　　　福志華

通信處

北京大學第一院轉新生社

新生社

報價

零售：京內每份銅元

　　　　八枚

　　　京外大洋三分

半年：國內大洋六角

　　　國外大洋八角

全年：國內大洋一元

　　　國外大洋一元

　　　　五角

郵費在內

每星期五出版

《新生》雜誌封面。一九二六年十二月三十一日，第一卷第三期。

鬥爭也許經過評定，但是，無論怎樣，不會有盲目的和感見的評定

。他們的評定人，都屬於此科非常熟識的人，而且因為評定的

人多（愚許是全社會的熟於此科的人），不致受感見的支配，至

於受賄而下好潑的批許的人）是沒有的了。所以在昔僞現實際

的無才而得學問的絮許惹名揚天下的怪事實際上是不會有的。這

是實質的科學和藝術的進步。這樣的進步，是別的東西。

。她的結果，是世界文化進退的速度，超過現在的千萬倍，人們

讀實實了人類的實任，確實不是別的東西。朋友們，我們究竟怎麼

是苟安於現在的科學和藝術呢，是努力促進這種熟許社會的科學和

藝術呢！我們才是要促進她們，又要用什麼法子呢？

政治犯不得引渡的法律根據　游生

（一）

政治犯不得引渡的問題，起于法國大革命之後。自從十九世

紀後半期，自由立憲的政體和專制的守舊的兩奪同盟奮鬥的時候

，一般關心社會問題的人，達有政治犯與普通犯的確應該分大大

分別的覺悟，於是國際之間便贊同「政治犯以不得引渡為原則」

而規定于引渡條約中。所以不引渡的理由是：

1. 政治犯是改造社會，為人奮勞力的人；戕賊他的人，便是蓬背

人道者。我們今日在沒有發達之先，立意扶植濟弱的志

（左半部）

2. 政治犯所為的損害，是暫時的，是不得已的；且受其影響於

只有他的鄰國，別國是毫何等危害的。

3. 政治犯如普通犯有惡性者可比，他所以犯罪的動機的高尚的理想！

于政導政治，求強民族的幸福，他日在其國內占優勢的時候，引

4. 政治犯若被引渡國而受刑，他日在其國內占優勢的時候，引

渡國于國交上必立于不利益的地位。

從這些理由觀察，國家若棄為人道計，為社會秩序計，為何

為國交上的友誼計，都要努力去保護這個犯人。

況且現世的文明國家，斯為雄壯國家。這是近代國家主義的觀念，日

例如意大利得法之後，以脫離奧羅馬附近國國民忧前國際主義的觀念。這

之助，以免瓜分之厄。師波斯阿富汗之有今日獨立的地位，亦質

同接受俄國的影響。可是說列強歷歷好的結果，便不能不

歸功到各國革命政治犯的身上。從前俄國是專事侵略的帝國主義

者；強佔我國的領土，強迫我國締結不平等條約；到了革命主義

勢之後，便以誠懇扶助一切不平等條約，教了一個垂亡的土耳其。

一切不平等條約，甚面能以她的主張，教了一個垂亡的土耳其，

這便是顯明的前例。還有向未成就的，則是十數次逃亡海外的

革命政治犯孫中山先生，他是，為愛護主義而犧牲了四十餘年的

精力的。他說：「我們經十年在沒有發達之先，立意扶植濟弱的志

新 生 週 刊　第 一 卷　第 三 期

五十三

《新生》雜誌內文局部

甲段、第十一級 A 三穴之二六一五，
　這是個很奇怪而難記的編號，
　它卻幫助我在密密麻麻的墳墓中，
　　找到一塊青石碑……

許地山

著名作家和教育家

生平 (1893-1941)

1893 年　生於台灣，筆名落華生。

1935 年　在胡適推薦下，來港出任香港大學中文學院
　　　　教授，致力改革中文系。

　　　　主要作品有《綴網勞蛛》、《空山靈雨》，亦
　　　　曾編寫關於道教的書，如《道教史》。

　　　　大力推動青少年文藝活動，創作兒童文藝小
　　　　說如《螢燈》、《桃金孃》。

　　　　學術興趣廣泛，文學、人類學、神學、梵文
　　　　等均屬研究範圍。

　　　　抗日期間積極宣傳抗日訊息。

1941 年　心臟病發在港逝世，享年 48 歲。

香港足跡

1935 年　9 月，許地山任香港大學中文學院主任，着
　　　　力改革過去守舊的教學方法。在港七年，毫
　　　　不客氣地指出殖民地教育的毛病，建議香港
　　　　教育改革，四處奔波演講，處處表現他對國
　　　　事的關懷和正義感。

1941 年　8 月 4 日在精神和體力勞累透支下心臟病
　　　　發，於香港逝世。

三穴之二六一五

文 / 小思

　　不知道現在的人讀〈落花生〉這篇文章時有甚麼反應，記得小學時，我唸到這短短文章，就真切地記住：原來自己可以種花生，原來一向愛吃的花生是那麼好，而我們也該「做有用的人，不要做偉大、體面的人」。同時，也記住老師說作者許地山是個很重要的作家。

　　許地山重要到甚麼程度，一直要到我唸完大學才了解——還是在公餘讀完他的作品，多看了些別人對他的評價和紀念文章才知道。以後，慢慢找到他最後幾年在香港的活動資料，就更明白他真正實踐自己說過的話：做有用的人！

　　一九三五年九月，他從北京到香港，當上香港大學中文學院的教授。從此，他就非常努力地為香港文化界做許多有用的事，他改革香港大學的中文系、推動青少年文藝活動、到處演講、為兒童創作文藝小說……他也實實在在看出香港教育的毛病，毫不客氣地指出殖民地教育的悲哀：「還有一種教育是專造就可用的人的。這就是殖民地教育的本來要求。可用不一定是有用，因為

前者是不顧慮前途的發展的。當需要時可以用，不需要時也可以不用……」提醒我們香港人要思考如何摧滅奴性。

幾乎，每天，他都由羅便臣道一百二十五號的寓所，走路到香港大學的中文學院去上課辦公，然後去許多地方開會演講。香港的半山區，應留下了他無數足跡。羅便臣道一百二十五號的那幢舊樓房早已拆了改建，但香港大學的中文學院還保存得很好，有空不妨去看看。它在太古堂的東邊，是座西洋式三層高的建築物，二樓伸出小露台，正面亮着金燦燦大字：「香港大學鄧志昂中文學院」，許地山的辦公室就在二樓的一個房間裏。

也許，過分的精力透支，在不知不覺中吞噬着許地山，他竟然患了心臟病也不發現，一九四一年八月四日下午就在寓所去世了，終年四十八歲。在香港，這位著名的作家、學者，結束了生命，家人把他葬在薄扶林道的華人基督教墳場，這件事恐怕也沒有多少個香港人知道。

許多地方的居民，都以自己的土地是名人、作家、音樂家、藝術家的出生地、故居、埋身之所為榮。我們到外地去旅遊，都不辭千里去找那些名地，可是，偏偏就不曉得原來小小香港，也有值得我們引以為榮的地方。

甲段、第十一級 A 三六之二六一五，這是個很奇怪而難記的編號，它卻幫助我在密密麻麻的墳墓中，找到一塊青石碑，上面刻着「香港大學教授許公地山之墓」。這個墳地，沒有一朵花，

沒有一炷香，寂寂的在那兒已經四十六年，裏面埋着一個為香港做過許多事的有用人，一個著名作家，許多香港人不知道！

一九八七年六月二日

小思補註　順便一提，許地山下葬後，由於後人不在香港，墳地一直無人料理。一九八二年，遠在南京的許地山太太（周俟松）寫信來托我去看看情況。我遍山找了很久，才找到那孤零零的石碑，碑下台階因年久失修，坍塌陷下，碑快支撐不住。我很難過，在報上寫了一篇小文提及此事。沒想到不久收到舊學生劉慕蓮的電話，說她正從事殯儀行業，可以代我去修葺那墳址。她不收分文，把墳修好，重塗金字。從一九八三年開始，直到今天，年年如是，從未間斷。

二〇一四年五月二十三日

許墓舊貌，字跡模糊。

許地山墓今貌

甲段第十一級 A 指示石碑

薄扶林墳場，圖左黃色建築物為東華義莊。

香港華人基督教聯會薄扶林道墳場 1858 年香港政府在太平山區附近設華人基督徒
使用的墳場，後於 1882 年，撥出薄扶林現地段作永久的華人基督徒墳場。墓主有興
中會、同盟會會員及辛亥革命支持者，如區鳳墀、謝纘泰、蔡興等。

許地山先生輓詞 [1]

文 / 施蟄存

北定期堪卜，南行道忽孤，

落華 [2] 成宿讖，綴網息勞蛛 [3] 。

掩室參金相 [4] ，忘情到玉壺 [5] ，

譯書好梵籀，經學斷奇觚，

業盡緣俱廢，堂空孰愈愚，

明年經島國，惆悵認贍蒲 [6] 。

　　去年暑間余在港島曾一日訪先生於香港大學，先生邀在大學咖啡室中冷飲，既出指一樹謂余曰，此即所謂贍部樹也，港中惟此一株，故末句及之蒲字借協 [7]

《星島日報》，一九四一年十月一日

---

① 編註：輓詞註釋 ①-⑥ 由施蟄存先生手抄寄給小思。② 先生舊筆名落華生。③ 先生有小說集《綴網勞蛛》。④ 金相二佛此句說其避世見佛。⑤「一片冰心在玉壺」此處指冰心。⑥ 我曾到港大訪先生，先生指示港大校園中之贍蒲樹（又作贍波、贍蔔）。⑦ 編註：贍部樹，又稱閻浮樹，為梵語 Jambu 音譯，桃金孃科蒲桃屬植物，又名海南蒲桃。

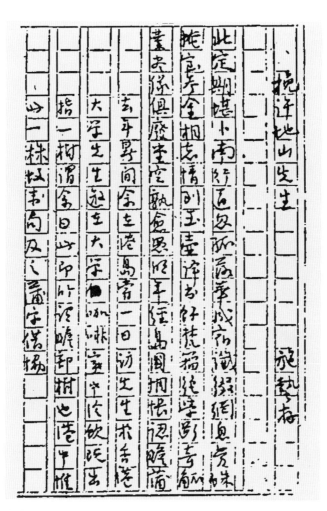

施蟄存作許地山輓詞手跡

施蟄存 （1905-2003）　　中國現代作家、文學翻譯家，華東師範大學中文系教授，中國「新感覺派」的主要作家之一。1929 年在中國第一次運用心理分析創作小說《鳩摩羅什》、《將軍底頭》，而成為中國現代小說的奠基人之一。

許地山下世之日

文 / 吳其敏

　　一九四一年八月四日下午，許地山先生以未屆五十之年病逝港寓。我是第二天清早，才從日報上知道的。回報館後，就驅車上羅便臣道來。許先生在羅便臣道的家，到來已不是第一遭，但這一次完全不同了，它缺少了以往那一份清靜與安謐，顯得有點兒亂紛紛的。小院外面的大門洞開，沿階都灑滿了從花圈上散落的殘瓣。樓上，茅盾、張一麐、柳亞子、馬鑑諸先生都在協同治喪人員招待前來弔唁的賓客。談說之間，知道許先生是心臟病陡發，搶救不及。可憐醫生在先生停止呼吸的前兩小時還診斷不出他患的甚麼病。

　　面壁齋裏一片女眷和女賓的幽幽啜泣之聲。我放輕腳步跨進去，一些傢具移動了，壁上的布飾和沈尹默的題匾依舊。許先生昂藏的遺體安陳在牀，身上覆着黑白綾子。他閉着眼睛，好像正在安詳的睡夢中，但臉頰瘦削黃萎了，那一綹烏黑的長髯也失去平常潤澤的光采了。牀邊圍繞着許多素潔的花束花圈，取代了往日堆放左右的中外卷籍。

蕭立先生牀前，默念良久，我就同先生的遺容告別，匆匆回報館為先生喪事趕寫當晚見報的「特寫」去了。一路上我想的很多，想起先生擔任中華全國文藝界抗敵協會香港分會常務理事，盡了不少為抗戰宣傳、為接濟前方組織勸募的勳勞；想起歷屆魯迅逝世紀念活動中，他都是熱心的參加者或主持者，有一次在銅鑼灣孔聖堂擴大舉行時，他趕乘巴士途次跌傷，還堅持要到加路連山會堂出席；最後想到他披上葛布大褂，肩負荷油紙傘兒，跑到青山禪寺中去埋頭寫他的《國學與國粹》，才不過是一個多星期前的事……

時間這麼一晃，到現在便忽忽四十年了。

一九八一年一月二十一日

吳其敏（1909-1999）　香港資深作家與編輯，曾任中華書局海外辦事處副總編輯、香港中國通訊社副總編輯，退休後，在報章撰寫專欄《坐井集》，直至八十餘歲高齡始輟筆。著有小說、劇本、雜文及文史小品多種。

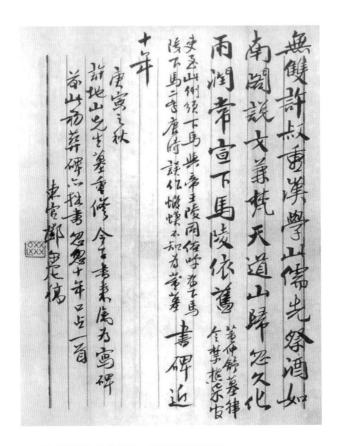

1950 年鄧爾雅先生為許地山重寫墓碑後題詩：
無雙許叔重，漢學此儒先。祭酒如南閣，說文兼梵天。
道山歸忽久，化雨潤常宣。下馬陵依舊，書碑近十年。

小字夾注：董仲舒墓律令禁樵采，官吏至此，例須下馬，與帝王陵
同，俗呼為下馬陵。下馬二字，唐時誤作蝦蟆，不知為董墓。
詩後題記：庚寅之秋　許地山先生墓重修，今學書來屬為寫碑，前
此初葬，碑亦拙書，忽忽十年，口占一首。
東官鄧爾疋稿（章印文為「爾疋」）。

不過許墓並未重建，原因不明。
（照片由謝榮滾先生提供）

106

許地山先生對於香港教育之貢獻

文／馬鑑

　　許地山先生來到香港大學的第二年（其實只有六個多月），我也來到香港，仍舊在一處工作。因為是老同事的關係，有好多事情，許先生都和我商量。所以我對許先生近幾年來的工作，知道的較為詳盡。現在我不能一一敍述，只好將他對香港教育界的貢獻略述如下：

　　（一）對於港大中文學院課程之改善：港大中文學院創設以來，經賴煥文、區大典諸先生的努力，已引起一般人對中國學術的注意，而且建立了一個基礎。當時諸先生所努力的，是要一般學生於學文之外，對於經史有深切的了解。但因為時代的關係，所用的方法，還是偏重記誦之學，而尚未到研究的階段。許先生來了以後，將課程分為三系，一是文學，二是歷史，三是哲學。從前人學文學，只重詩文，現在加上詞、曲、小說和文學史及文學批評。歷史一門，往時多注重政治部分，現在不但講政治史，還要講文化史、宗教史等等。經學裏面關於哲學的著作很多，但在從前，讀經往往有囫圇吞棗之弊，現在將一部分非哲學的除外，而再加上九流、道（漢代

道教）釋等等，作有系統的研究，並且還旁及印度哲學，以資參考。凡此種種設施，都是在前人所建立的基礎上，加以改善，使內容更為充實，更有條理，更現代化。

許先生教人，是很注重方法的。單就歷史來說，他教學生讀史要求真實。中國歷史不真實的地方很多，彼此矛盾的地方亦很多。因此研究歷史的就有了題目，經許先生的指導，如何去求真實，從何處去求真實，一一如法做去，得到一個比較滿意的結論，自然非常高興。所以學生從許先生求學，並不是專讀死書，還抱着一種興趣濃厚的研究態度。這可以說，自許先生來主持中文學院，不但是充實內容，並且也將程度提高了。還有一點，許先生看到香港的環境特殊，中文學院的任務，是在溝通中西的文化。如藝術的展覽，「中英文化協會分會」之成立，以及中西學者的學術演講，都是為溝通中西文化的預備。不料許先生正對着這方向進行，忽然就撒手辭世，這個責任，還在我們後死者的肩上。

（二）對於中小學的協助：許先生與中小學雖然沒有直接的關係，但有好多中小學請他當校董，或請他到校對學生訓話。這樣，對學校，對學生，間接地都有很大的幫助。許先生對香港中小學的課程（尤其是漢文），時時提議改良，雖然還沒有得到所預期的結果，但是已經獲得一般的同情，不久即可實現。至於本年教育部所創辦的香港中小學教師討論會，也是許先生向教部建議的。想不到他只看見這件事辦起來，卻看不見這件事圓滿的結束。此

後年年續辦下去，將來海外中小學教授的進展，是不可限量的。

在他最近《青年節對青年講話》一篇裏，我們可以知道他勉勵青年的意見。他說得何等懇切，何等透闢，真是青年人的一位好導師，一個好朋友。他開首就說「五四底光榮是過去了……我們有為的青年應當努力於現在與將來」，這句話給青年們多大的刺激！他又說到「學術統制」，這就是告訴青年們，出洋「鍍金」，學些膚淺的皮毛是沒有用的；真有用的東西，要靠自己苦學、苦幹，才可以得到，不能希望人家白送給你的。這些話都是青年們的藥石，青年們的南針，個個青年，尤其是中小學的青年，都種下這種思想，還怕將來沒成就嗎？所以講到香港青年思想的革新，我們應當記念許先生倡導之功。

（三）對羣眾教育的努力：許先生最近對羣眾教育，極為注意。他總覺得一般文盲連一個字都不識，未免太可憐了。要學漢字，費時太多，不是一般文盲所做得到的。文盲識字，必須求速，要簡單。他對於注音字母，用得也相當的熟。在他所遺留的書籍裏面，時時可以見到他所寫的注音符號。但是他覺得有種種不便，近來不用了。他在最近二三年中頗提倡拉丁化新文字。他以為這是最簡便，最易學的拼音文字，是一般文盲所需要的。

他知道的文字很多，對於這個道理有深切的了解，所以才大膽的這樣說。我相信中國文字的命運將來一定改用拼音，不過是時間問題而已。他現在從解決文盲着手，將新文字做一個嘗試，

正是學者所應取的態度。這一點是我們應當了解的。至於他對解除運動的努力，更是我們應當欽佩的。

（四）對補習學校的計劃：許先生最後所計劃的就是「從業知能補充學校」。他這個計劃，就是專為有職業的人預備一個補充知識的地方。在積極方面，可使一般要追求知識的人，於業餘之暇，得到他所需要的知識能力，來增進他職業上的效率。那些富於知識能力的人，也可以用閒暇的時間，來幫助別人。在消極一方面，各人都能利用餘剩的光陰來求知識能力，自然就不會被社會的惡習所熏染。這個學校裏所設學科極為豐富，如文藝、家事——專為處理家事的婦女設的，新聞及印刷事業等等，各科還包括着好多門類。時間經濟，而收費又極廉，務使人人都有來學的機會。這種學校，在大都市裏是應當有的。許先生見到這點，在他去世的前幾星期，就擬好了一個草案，不料正擬進行，他已不在人世，這是最可痛惜的一件事。現在我們一班同志，尚擬繼續他的遺志，將這事辦成。我們深願社會人士對許先生的計劃予以贊助，對我們的希望，予以同情。

《追悼許地山先生紀念特刊》，一九四一年九月二十一日

馬　鑑（1883-1959）　字季明，畢業於南洋公學，1926 年獲紐約哥倫比亞大學教育學院碩士學位。1937 至 1941 年應許地山之邀任香港大學文學院教授，1946 至 1951 年任香港大學中文系主任。

許地山去世後，馬鑑、陳君葆等籌辦「地山從業知能補充學校」以作紀念之宣傳單張。此學校從未面世。

章程內的許地山序。此文從未收入許地山文集中。

香港大學（攝於建校初期）

香港大學 1911 年 3 月成立，為香港首所公立大學，1912 年 3 月於薄扶林正式辦學。創校時只設醫工二科，1913 年增設文科。1927 年中文學院正式成立，1935 年7 月許地山來港任職前，港大早已謀求改革中文系，許到任後改革全速推進，唯其在任的七年，再發展中文系的機會不多。

香港大學鄧志昂樓，昔日的香港大學中文學院。

鄧志昂樓 樓高三層，1931 年正式啟用，為新古典主義的建築風格。大樓自啟用至1950 年代，一直用作中文及其他文科課程的主要授課地點。現為香港大學饒宗頤學術館，並已被列為香港法定古蹟。

一九三〇年代，般咸道上行人少，相中央建築為合一堂。以往許地山經常到合一堂做禮拜及參與教會活動。

現時的合一堂

選 文 思 路

文 / 小思

　　為甚麼選取〈落花生〉這篇文章？論文章技巧、文學價值，這都不算得上好，當然比不上許地山所寫的小說，例如〈春桃〉。

　　我選了它，因為要感謝它。

　　小時候，很單純，很容易接受長輩的想法。父母的、老師的、老師教給我們的典範文章，都可以記住一輩子。〈落花生〉就是讀了後，鑄入我心腦的文字。

　　到今天，到處都講究包裝——外表裝潢夠吸引、廣告奇異美觀，才易為人所知。「不好看」、「很有用」也不見得為人所用。讀這文章，是不是已經過時了？

　　包裝、廣告，很需要，但沒有實質內涵的東西，單靠包裝宣傳，經不起考驗。包裝再好，還得要有好花生。

　　至於〈一年來的香港教育及其展望〉一文，我選取理由，在「伴步者對話」中說了。

落花生

文 / 許地山

　　我們家的後園有半畝空地，母親說：「讓它荒蕪着怪可惜，你們那麼愛吃花生，就闢來種花生吧。」我們姐弟幾個都很高興，買種，翻地，播種，澆水，沒過幾個月，居然收穫了。

　　母親說：「今晚我們過一個收穫節，請你們父親也來嚐嚐我們的新花生，好不好？」我們都說好。母親把花生做成了好幾樣食品，還吩咐就在後園的茅亭裏過這個節。

　　晚上天色不太好，可是父親也來了，實在很難得。

　　父親說：「你們愛吃花生麼？」

　　我們爭着答應：「愛！」

　　「誰能把花生的好處說出來？」

　　姐姐說：「花生的味美。」

　　哥哥說：「花生可以榨油。」

　　我說：「花生的價錢便宜，誰都可以買來吃，都喜歡吃。這就是它的好處。」

　　父親說：「花生的好處很多，有一樣最可貴：它的果實埋在

地裏，不像桃子、石榴、蘋果那樣，把鮮紅嫩綠的果實高高地掛在枝頭上，使人一見就生愛慕之心。你們看它矮矮地長在地上，等到成熟了，也不能立刻分辨出來它有沒有果實，必須挖出來才知道。」

我們都説是，母親也點點頭。

父親接下去説：「所以你們要像花生，它雖然不好看，可是很有用，不是外表好看而沒有實用的東西。」

我説：「那麼，人要做有用的人，不要做只講體面，而對別人沒有好處的人了。」

父親説：「對。這是我對你們的希望。」

我們談到夜深才散。花生做的食品都吃完了，父親的話卻深深地印在我的心上。

許地山

一年來的香港教育及其展望

文 / 許地山

　　作者做論文最怕「定造」，因為「承接」底作品總得討人喜
歡，同時又很容易開罪於人。這篇也是承接來底定造文章之一，
其中率直的話希望不會開罪於任何讀者。作者先要聲明底是他一
向不會說刻薄話，也不喜歡用文字罵人，如有說得過火之處，乃
因文章沒做得好，並非故意吹毛，望讀者原諒。

　　論到香港底教育，當然有許多連帶的問題要讀者先瞭解底。
可惜限於篇幅，不能詳說。作者只簡略地指出幾點，希望讀者自
己進一步去咀嚼。

　　一、香港底中國人有「華人」與「華僑」底分別。這是無
形中自己分出來底。英國人並沒理會華人有「僑寓」與「土
著」底分別，事實上土著回華，除非自己不願意，仍是享有
中華民國一切的權利；××××××××，××××××，
××××××××××××。所以華人與華僑在香港底權利義務
毫無差別。看官府文書中統稱之為「華民」，便可明白了。

　　二、香港辦教育底可以分為兩種：一是辦華人教育底，一是

118

辦華僑教育底。辦華人教育底，課程以大英祖家制度為準；而辦華僑教育底則以大中華民國教育部所定章程為主。但格於地方情形華僑教育未必一一遵照部章辦理。這分別與教育底動向有直接關係，在下面當要多說一點。

三、將好好的博物院與圖書館拆毀了來做停車場底香港，可見它底一般文化興趣不如早期殖民家。大班們對於文化底感情冷淡，華民耳濡目染，對於文化事業，當然也以為與個人無關，偶然舉辦甚麼，多半別具深心，功成身退。

四、香港雖在大海之北，而人類中底鯨、鱷、蝦、蟹、龍、蛇、黿、鼈，無不容歸。五方雜處，禮俗不齊，意志既不能統一，教育於是大半落在投機者，無主義者，兩可論者，釣譽者底手裏。真能為人為文化努力底，屈指可數。作者不敢怪他們，怪底是這地方。海無意於溺人，人自溺於其中，就是這個意思吧。

五、香港學生底家庭有許多是「人煙稠密」、「鴉雀有聲」，絕不宜於學生生活。如果進底是樓上學校，學業更受影響。偷懶僥倖底習慣很容養成，政府當局如不注意，當然沒人能夠出來為有效的矯正。

現在再講教育底本身。此地不能不縮小範圍談談學校教育，其它如社會教育，家庭教育等等，暫不說到。關於學校教育，可以分出幾點來說。第一是辦教育底機關或個人。第二是學校底性質與管理。第三是課程。第四是學生底活動。

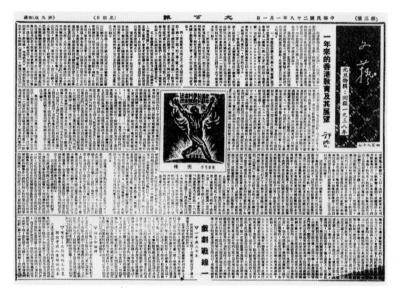

原載《大公報》，一九三九年一月一日（局部）。

120

在香港，為中國人開底或收中國學生底學校底辦理人可以分為下列幾種。第一是政府辦底皇家學校（現在或稱官立學校）。第二是宗教團體辦底。此中有公教，耶穌教，佛教，孔教，回教等。第三是公立學校，像商會，工會底學校，還多半是義學。第四是私立學校。此中有來路，與本地之分，來路多半由廣州分來或遷來，本地底多半屬於「樓上學校」。第五是遵照古式，間或參照西法辦理底私塾。皇家學堂有書院與大學底分別。書院有些從第一班辦到第八班，八年之中要習完中小學課程。小學至高辦到第六班，畢業後升入書院。不稱書院而稱中學底只有「官立漢文中學」。這種學校底校長，書院除「漢中外底」，都是英國人，小學間有華員充任，經費是十分充足，校舍也很像樣，最著名如皇仁，英皇，庇理羅士等。宗教團體辦底學校也相當地重要。其實香港底教育權是操在公教會底手裏，在宗教團體中辦學校最多的是公教會。教會辦底學校與官立學校一樣是辦華人教育底，如華仁，拉沙，意大利嬰堂，聖保祿，等等都是。屬於耶穌教底也不少，如阿跛（男拔萃），玫瑰行（女拔萃），男女聖士提反，男女聖保羅，男女英華，等等都是。其它宗教團體所辦底學校沒有甚麼特點，為數不多，當不具論。這些學校多半受政府津貼，經費也相當地充足。公立學校中最重要的是香港大學。它也是政府每年津貼三十多萬底學校。在香港政府與人士眼中，只有這機關能供給高等教育，所以很被重視，以歷任香港總督為監督，以

英王為贊助人。這大學成立於一九一一年，到現在已經二十九年了。最初本港聖公會少數人動意要辦一間大學，後來得本港暨南洋股商解囊贊助，香港政府又撥給校址，於是成為一間公立性質底學校。那時兩廣總督張人駿也很贊成這事，與香港總督盧押同為創辦贊助人。一九三一年以發展中國文化研究名義，一方面向中英兩國政府請撥中英庚款，一方面再向南洋和本港捐款。從庚款獲得二十六萬五千金鎊，南洋方面也得數十萬。本港方面，又得馮平山先生捐建圖書館，鄧志昂先生捐建中文學院。但自得款以後、中國底外交與教育當局都未過問，到底用在中國文化底研究上有多少，實在不得而知。其它公立學校多半是小學和義學。辦法與一般學校無大差異，沒甚麼特別的色彩，不必具論。私立學校有本地與來路二種。這二種都是辦華僑教育底。本地私立學校多係個人創辦，有些在兩層樓房中由幼稚園辦到高中，只要呈報教育司，派視學官來勘查過，以為房舍堅固，衛生設備充足，便可註冊開辦。如果要學生在國內能夠升學底話，便可到僑務委員會，教育部，廣東教育廳立案。讀者如果在街上只看見大書「國民政府」⋯⋯「僑務委員會⋯⋯」「中國教育部⋯⋯」「廣東教育廳⋯⋯」等等大招牌底門口，不要當做國民政府，僑務委員會等等，遷到香港來。在這種招牌中間或旁邊，還有因謙卑而寫小一點的學校名稱。這也是表示辦學校底人是有相當面子底。這類底學校多半是招牌充實。內容呢？待問。作者曾見有位辦這種學校

底先生，在名片上印上「教育家某某」，這意味與「酒家」、「餅家」是否相同，也有研究底價值。假如這「家」不作專家解，那麼讀者在看見一間學校底門口及其附近同時掛上四五個招牌底意思就可以瞭解了。來路學校底步伐比較整齊，在抗戰以前幾乎全是廣州教會學校底「分校」如嶺南，培英，培正，真光，是最著的。私塾多以「學塾」為名，多半是一位教師，教幾十個學生。大一點的學塾也有用「小先生」制度底，以《四書》、《五經》、《古文評註》、《秋水軒尺牘》之類為主要課程，有許多學生在別處讀英文，在學塾攻漢文，因為父兄們信老先生底學問比普通學校底國文教員高超。要兩全其美，非如此不辦。

學校底性質當然以中學為多。職業學校如打字，電氣，交通，航空，等佔極少數。官立底師範學校與航空學校辦得比較像樣，打字學校也有一二家好的。其餘多是名不符實。一般高等專門學校可以說是沒有，要求專門學問只有香港大學醫科，工科，商科，及教育科可習。藝徒學校，公教會辦了幾間，成績還好。許多教會學校或「分校」與本地學校如民生、西南、華僑、梅芳等，都有宿舍，在學生課外生活上也很留意。其它的樓上學校，有些是校長（即辦校人）全家坐鎮；有些是教員兼看堂，樓梯口即教務處，課堂也是臥房。一想那情形，學生生活與教育設施都可不卜而知了。教員資格有些很好，但是冒充底也不在少數。學費在比較完備的學校是貴得出奇。有些實際只教兩學期，竟然

徵收三學期學費的，這情形以教會學校為多，學生花多一個學期底學費，而所得學問底質量仍與授兩個學期的相等，這若不是剝削，應作何解？

　　課程是最重要的。一個學生底前途專賴在中小學時代底訓育與課程來造基礎。因為有華僑與華人底歧途，課程當然受影響。香港學校底課程可以說是極不統一，有些甚至於不完備。遵照中國教育部章程辦底多是在中國立案底學校。受香港教育司津貼底學校必得用教育司審定底課本。在香港教育司所轄底學校中本分為兩系，一是以英文為主底，一是以漢文為主。要得到最高津貼費，必得是以英文為主底學校。我們不要忘記此地底國語是英文，漢文是被看為土話或外國文底。所以凡是本地教育會所辦底學校對於漢文都不注重，教漢文底老先生也沒法鼓勵學生注意習本國文字。學生相習成風也就看不起漢文。從這系統底學校畢業底學生多半出去「打工」，少數升入香港大學，或到外國去留學。以漢文為主底學校，官方名之為「土話學校」，學生去路多不明。在中國立案底學校學生畢業後多半升入國內大學或專門學校。這是大概情形。至於課程底充實程度，各校很不一致。不專為華人辦底學校，有些簡直沒有漢文及中國史地諸科，或教法文，或教西班牙文，或教葡萄牙文。華人入這種學校，大概是立定主意不做華人，打算在香港混一世底。為華人立底學校，多半是以老先生教漢文，他們當中也有很高的功名底，但是八股氣太重，專教

學生套「嗚呼，盛衰之理……」一類底爛調，有些還絕對禁止學生做白話文。其實若把學生教得通，不會寫出「如要停車乃可在此」，「私家重地」，「兵家重地」一類底文句，也就罷了，何必管它白話、黑話。此外如尺牘也列入國文課程裏，無形中浪費了許多時間。以英文為主底學校，地理與歷史底課程都很貧弱，中國歷史幾乎不教，對於要考香港大學底，迫得將三年底高中歷史趕做一年，自己去修習，問起來，答案有些簡直是錯得不能受原諒。中國地理乾脆沒有。科學實驗室除官立學校外，許多都沒有，有底也不很完全。教科學底人才也很缺乏。大學底課程也有許多不完備之處，此地沒工夫細細舉出，請讀者買一本香港大學「曆書」來看看便知道了。考香港大學底英文程度要相當地高，所以照中國教育部定章辦理底學校底畢業生能及格底很少。又因為學費太昂，在港大一年底費用幾乎可以在內地度過三四年。這樣不是貧寒子弟，除非得到助學金也不能輕容進去。

香港學生底活動除校內各種比賽會以外，最常見底是一年之中總有幾次出來替慈善機關在街頭賣花捐款。此舉以女學生為多。賣花時期多半不在星期日。這樣，偶然來一次不算甚麼，若做多了於課業當然是有礙的。自抗戰以來，參加捐款、徵收救護藥品，製慰勞袋等等，都很努力。自去年來，香港始有在香港大學學生領導下底香港學生聯合醫藥籌賑會。香港大學教育系學生也辦了一間夜義學，收了許多販報童子、職業小工，來做學生。

這次新界底難民營裏，也有學生在那裏服務，可以説是精神很好。其餘的中學學生因為程度與時間底不足，沒有甚麼社會上的活動。

以上香港教育底大體情形，雖不是細嚴，也可以使讀者明瞭它底輪廓。作者時時被人問：香港以大學堂為最高學府，而此學府所造出來底人才是否專為殖民地底用處？問底人不止一位，可見社會對於這點是抱着很大的疑問底。作者底回答未必能夠解釋香港教育家或來香港辦學底大班先生們底意見，姑妄説之。原來殖民政府辦學是一視同仁的。對於華民有為華民開底學校，對於印度民、英民，都給他們開學校。不過大學教育是公的。恰巧此地華人佔百分之九十六七，當然為華人開底學校所佔底百分比率很高。若不是華人與他們底本國政府底努力贊助，恐怕殖民政府沒有甚麼計劃，要立一間大學來做裝飾品。英國祖家有很好的大學，英國學生儘可不必在香港受中等以上的教育。此地一説起，讀者必要注意到在香港九龍底在學齡內底英童很少。男女在七歲以上都送回國去受教育，留住底都有特別理由。街上行走底英國人不是七歲以下便是二十一歲以上，七歲至二十歲和五十五歲以上底都不多見。看來英國人自身沒有在香港設立大學底必要。其它的英華，葡華，印華人口，多數也歸入華、葡兩籍，只要隨着華人，葡人或英人，底走就夠了。大學設置目的據前輩底指示，有三點。一是英國朋友要為中國栽培人才。因為創辦

時，中國只有京師大學，北洋大學，和幾間高等專門學校，顯然在南方有辦一間大學底必要。二是表示英國高等教育底典型。因為中國學制採取日本，美國，向來沒注意到英國底導師制與紳士風。三是為提高香港殖民地底文化水平線。無論如何，大學底設置是具有十分善意底。至於華人可以加入底學校，當然不唱「三民主義」，如不唱耶穌歌，便得唱英國歌。孩子們在這種學校，不能受到中國文化底灌頂，也只能怪自己的父兄，不能怪熱心教育底神父，牧師，×××。××××××××××××，××××××××××。×××××××××××××××××。

他有一個很深沉的憂慮，是現代的學校多產出有知識的人少產生有思想的人。知底太多，想底太少，結果教育是向製造享用的人那條路走，而不注意去製造有用的人。享用的人底知識是為商品而求底，只要工廠會出新花樣，他一定樂於購置。這情形在通都大邑都可以看出來，不必限於區區的香港。還有一種教育是專造就可用的人底。這是殖民地教育底本來要求。可用不定是有用，因為前者是不顧慮前途底發展底。當需要時可以用，不需要時也可以不用。這也可以稱為消極或被動的教育。作者對於一般的殖民地教育都有這樣底印象。作者願意讀者諸君多問自己，香港底教育，應屬何等？

　　講實際一點底罷。作者以為香港底高等教育是應該提倡底。野雞式的大學希望不要隨着上海來底女嚮導，夜總會，產生出

來。一間純係華人辦理設備完全，學費相宜底私立大學似乎是很需要的。至於香港大學本是含有國際性底，它可以發展到更完備的地步。不久，公教底法國姑奶奶便要在大學裏建築女生宿舍，我們希望他們能夠給女學生很好的訓育。中國政府由中英庚款又撥了些錢給大學，也希望當局能夠善於運用。關於中等以下底教育凡在中國政府立案底應該事權統一，不要有教育廳不許註冊，而僑務委員會取發憑嘉獎，特許立案情形。視學員也得負一點責任，應當隨時考察，不要來到就吃金龍，去後寫一頁好報告。辦學校不能講裙帶關係，也不能講管鮑交誼，辦得好說好，不好就說不好，那麼受津貼才沒慚愧。許多學校都缺乏圖書儀器，似乎要一個公用的圖書館與理化實驗室。如果各私立學校分別擔負經費，想也不難辦到。兒童教育館也是必要的。香港九龍底學齡兒童無力入學底為數很多。他們整日在街頭巷尾當「牛王仔」，有些把時間消磨在連環圖書攤看《阿Q遊地獄》、《火燒紅蓮寺》。有心人對於這多數的將來主人是不是有動於中？作者前年曾在《大光報》發表過一篇兒童教育計劃書，至今二年，毫無響應者，可憐之至。

以上希望大家注意。作者以為教育底目的在拔苦。拔苦底路向是啟發昏矇和摧滅奴性。一切罪惡與墮落都是由於無理解與不自尊而來。教育者底任務是給與學生理智上的光明與養成他底自尊自由底性格。但這兩樣，現代的教育家未曾做到，反而加以摧

殘，所以有用的人無從產生。如果有完備的學校教育和補充的社會教育，使人人能知本國文化底可愛可貴，那就不會產生自己是中國人而以不知中國史，不懂中國話為榮底「讀番書」底子女們了。奴性與昏矇不去，全個民族必然要在苦惱幽闇的沙漠中徒生徒死，願負教育責任底人們站起來，做大眾底明燈，引後輩到永樂的境界。

《大公報》，一九三九年一月一日，版九，《文藝》四百八十七期

編註：文中許多「×」是香港政府列為犯禁的字，被報章編輯或香港華民政務司署檢查人員刪去。

對香港教育的評價

問：許地山在香港大學任教期間，還有文學創作嗎？

小思：除了教書，許地山更關心香港殖民地的歷史研究，
　　　着重觀察香港社會情況，還參與很多抗日宣傳運
　　　動、推廣世界語。當然他仍有創作，小說劇本都有，
　　　例如散文《貓乘》、《老鴉咀》，劇本《西施》等。那
　　　些都不是純文學創作，多是有感而發的作品。

問：這次修訂，老師加入了許先生觀察香港教育制度後所
　　　寫的長文，有特別意思嗎？

小思：他是在香港最高學府任教的中文老師，關心教育是
　　　應該的事。他作為外來人的觀察，便多了客觀的參
　　　考價值。
　　　如果讀者不是研究香港教育的人，這文章有甚麼好
　　　看？文中寫到一九三八年香港有很多著名學校，現
　　　今仍然存在。曾就讀那些學校的學生可能會想知
　　　道，在許先生眼中自己母校是怎樣的。
　　　我們知道如今的教育制度狀況，但究竟從前的教育

制度又是怎樣的呢？許先生不是外行人，自然有扼
要的想法可讓我們參考。文中介紹一九三八年的香
港教育大體情況，中的地批評了香港不同學校的性
質、立場。作為香港人，特別是教育工作者，可以
從中看到香港教育，如何走過艱難的道路，作個今
昔對比。

此文不是論文，充滿他個人觀感，也有很多客觀資
料。他在港參與無數教育會議，所以資料是可信的。
重要的是他怎樣取材去撰寫，可以看到他對香港教
育的評價。

許地山留影、簽名及印章。此書藏於香港大學圖書館。

那是一堵奇異的圍牆⋯⋯
灰色為主，卻顯得斑駁的高牆⋯⋯
一九四二年的春天，
日本人把詩人戴望舒困在裏面⋯⋯

戴望舒

三十年代極具影響力的現代派詩人

生平（1905-1950）

1905 年　出生於杭州。

1938 年　來港，參與香港文化工作及文學活動。

1946 年　回上海，後又再返港暫住。1949 年 3 月返中國內地。

1950 年　2 月於北京病逝，享年 45 歲。

　　　　主要作品包括《我底記憶》、《望舒草》、《望舒詩稿》、《災難的歲月》。《我底記憶》中的《雨巷》令戴望舒以「雨巷詩人」之稱號聞名詩壇。

　　　　擅寫抒情詩，早期詩風輕盈流麗，重視意象，追求詩意的含蓄朦朧。後受法國象徵派及其他不同詩歌流派影響，加以融化創新，形成個人獨特詩風。

香港足跡

1938 年　國內戰事時，戴望舒攜妻子來港，居住在港島薄扶林蒲飛路友人家 ——「林泉居」。

　　　　多次以「林泉居」之名發表文章，出版刊物。

　　　　在香港戴忙於編輯、譯述的工作，研究中國舊小說史料和元曲的俗語詞彙。

1942 年　香港淪陷期間，戴因從事抗日文藝活動被日軍逮捕，拘禁在域多利監獄，寫下《獄中題壁》及《我用殘損的手掌》。

　　　　居港前後超過十年，主要編輯《星島日報 · 星座》及《星島日報 · 俗文學》。

林泉居的故事

文 / 小思

　　五十多年前，薄扶林道，應該是個適合詩人安居尋詩的地方，可是，他卻嫌不再擁有一個小園。

　　在上坡的路口，看到一塊木牌，寫着「Woodbrook Villa」。走一段曲折山徑，經過一座橫跨小溪的石橋，就會到達那座四層高的小洋房，那就是詩人戴望舒的「林泉居」。

　　他本來居住的房子外邊是個小園，離門前不遠的地方，有一棵合歡樹，夏天的時候，秋天的時候，都為詩人帶來了難忘的生意和歡樂。小園的泥地，也許正長着詩人親手培植的番茄和金筍。

　　房子四周山坡，植的是洋松，松濤，歷來都會使中國詩人心醉。冬天，卻有另一種松音：夜風正吹得勁，詩人把屋裏的壁爐生起火來，燃燒着日間拾來的松枝，迫卜迫卜地響着，滿屋纏繞了松香，暖了。妻子、女兒燈下做閒活，詩人翻開書頁，合上書頁，時光在窗外流過，淙淙的泉水聲在溪中流過，於是詩人說：「這帶露台，這扇窗，/ 後面有幸福在窺望，/ 還有幾架書，兩張牀，/ 一瓶花⋯⋯這已是天堂。」

林泉居舊貌，攝於一九八〇年代末。

美夢和愛戀，往往墜落如櫻花，燦爛中就飄落了，是這樣的叫人冷不提防，你剛回過頭來，它已經去遠。他搬到「林泉居」後，天天望着海一片，荒疏了園耕，過了一段日子，妻子攜着女兒離開「林泉居」——離開詩人後，這裏一切都沒有改動，只是能共溫存的人不在。詩人帶着疲累的腳步，在遲遲日影裏，路過舊居，抬起頭來，憂傷地寫下《過舊居》。從此，「林泉居」，永遠成了一種新鮮的辛酸感覺，透滲骨髓，伴着詩人走完漫漫無盡的苦路。

林泉居，變成詩人的名字，變成詩，變成散文，永留人間，讓我們讀到一則溫馨而又苦澀的故事。究竟它在甚麼地方呢？

五十多年來，薄扶林道改變得太多了，那裏山邊還流着小溪。「林泉居」已經拆掉，但山坡路口仍豎着「林泉」的牌子。根據去訪過詩人的人的記憶，它就在蒲飛路巴士總站再過去一個車站，香港大學體育館的斜對面。這幢房子，本來屬於香港大學教授馬爾蒂夫人，她回國去，就把房子讓給詩人一家住，沒想到它會成了戴望舒作品裏的重要部分。

失去的園子，永遠失去！

一九八九年五月十六日（二〇〇三年十一月修訂）

小思補註　追蹤歷史，有時也講機緣。我一直誤會，戴望舒住的林泉居是座木屋，因為英文叫「Woodbrook Villa」，葉靈鳳說過有人直譯「木屋」。因此，上世紀八十年代末寫作此文時，我以為林泉居已經拆掉，原址上的那棟白色四層洋房是「新」建的。然而，在錯過二十多年後，二〇一三年十二月底才偶獲三十年代該屋主人李龍鑣先生的指引，知道了當年那棟被我隨手拍下的白色洋房便是林泉居的真身，它自上世紀二十年代就在那裏。二〇一三年歲暮，我再度造訪林泉居，卻發現連白色洋房也被拆除，乾枯泥石成了工地主角。林泉居果真消失了，風景不再。我這個陌生人，也許是最後一個憑弔者了。

二〇一四年五月

二〇一三年，林泉居已被清拆，只餘下「林泉」的牌子。

林泉居旁的小溪。如今牌子和小溪已消失。

望舒和災難的歲月

文 / 葉靈鳳

今天是亡魂的祭日，

我想起了我的死去了六年的友人。

或許他已老一點了，悵惜他愛嬌的妻，

他哭泣着的女兒，他剪斷了的青春。

他一定是瘦了，過着飄泊的生涯，在幽冥中，

但他的忠誠的目光是永遠保留着的，

而我還聽到他往昔的熟稔有勁的聲音，

快樂嗎，老戴？

這是望舒著作《祭日》中的兩節。在夏夜的燈下讀到這樣的詩句，我真忍不住抬起眼來，茫然向空中問道：「快樂嗎，老戴？」

我知道望舒的生，是不快樂的：婚姻和家庭生活的挫折，詩才未能好好的發展，在香港將淪陷期間那幾年苦難的日子；他

雖然始終興致很好，強顏歡笑，但我知道他的內心是淒苦的。這是由於他的個性很強，輕易不肯將感情上的弱點暴露在別人的面前。但他的死，我想他一定是可以死得瞑目的，雖然有點依依不捨。因為他終於能夠埋骨在新生的祖國土地上；若是客死在這孤寂的島上，我想作為詩人的他，一定死得不能瞑目了。

望舒是在一九四九年冬天離開香港北上的。在他決定北上以前那一段期間，他是住在我家裏的。這時的哮喘病已經很深，同時家庭間又一再發生糾紛，私生活苦痛已極，這時他的大女兒又從上海來了。為了病，為了這些不如意的事，他的肉體和精神上的擔負實在很大。素來樂觀強倔的他，這時也一再在人前搖頭說：「死了，這一次一定死了！」因為這時他是住在我的客廳裏的，同我的臥房僅隔了一層屏門，夜靜聽到他發病時的那種氣喘如牛的聲音，我也實在替他的病體擔心。

然而就在這樣的時候，誠如他的詩所歌詠的那樣，古舊的凝冰都嘩嘩的解凍了，春天已經重臨到祖國的土地上，詩人的心也覺得「生命的春天重到了」，他向我表示要離港北上，說是北國乾燥的空氣至少對於他的病體會有幫助。我當然極力鼓勵他去，因為這不僅能使他在文學上獲得新的生命，而且也可以將當時那種痛苦的生活環境擺脫乾淨。就這樣，忙着幫他找關係，等候回信，打聽船期，一直忙碌了一個多月，才能夠成行。這時他的病況雖然沒有減輕，但見精神卻愉快多了。我當時怎樣也不曾料

到，在他北上以後，僅僅收到過他的一封來信，接着獲得的便是那令人心痛的噩耗了。

　　望舒是一九五〇年二月在北京因哮喘症突發逝世的，到今天已經整整七個年頭有多了。最近人民文學出版社出版了他的詩選，這是從他的兩本詩集，《望舒詩稿》和《災難的歲月》裏選輯成的。在這以前，他本來在水沫書店出版過一本《我底記憶》，這是他的第一本詩集；後來又增加了一些新作，在現代書局出版了一本《望舒草》。這本詩集出版時，他已經到法國去了。一九三七年出版的《望舒詩稿》，不過是將上列兩本詩集刪除了若干首「少作」合併成的，作者謙遜的稱為詩稿，可見仍認為不能算是定本。至於《災難的歲月》，則是他一九三四年以後的作品。誠如這本詩集的題名所示，從那時期以後，不僅整個中國，就是詩人的私生活，也開始了「災難的歲月」，因此這本小小集子裏的作品，在風格上同詩人以前的作品有了很大的不同。

　　從《望舒詩稿》和《災難的歲月》裏選出來的《戴望舒選集》，共收了他的詩四十三首，這是從望舒自己刪存的八十八首詩裏再選出來的。這比起同時代的別的詩人作品數量，望舒的詩可說寫得真是太少了，然而他至少已經有了二十年寫詩的過程，所以我說他的詩才未能獲得好好的發展。尤其是到了香港以後，他忙於編輯工作，忙於譯述工作，為衣食辛勞；有一時期又對中國舊文學發生了興趣，研究中國舊小說史料和元曲裏的俗語詞彙；再

加上香港淪陷期間那幾年辛酸蒙垢的生活，家庭風波和病魔的侵擾，我們的詩人至少有十年的生命是這樣被消耗掉了，這真是他的「災難的歲月」！

在一九四四年所寫的那首《過舊居》裏，有這樣的幾句：

這條路我曾經走了多少回！

多少回？……過去都壓縮成一堆，

叫人不能分辨，日子是那麼相類，

……

而我的腳步為甚麼又這樣累？

是否我肩上壓着苦難的年歲，

壓着沉哀，透滲到骨髓，

使我眼睛朦朧，心頭消失了光輝？

詩人為甚麼經過自己的舊居，會挑動這樣沉重淒涼的感情呢？這並非因為：

有人開了窗，

有人開了門，

走到露台上──

一個陌生人。

詩人的心裏，實在是另有不願示人的創痛的。這並非因為他離開了舊居搬到別處去住，偶然見到他的舊居已經有別人住了的緣故。這只要讀一下他的另一首詩就可以明白了，這是在同年六月寫的那首《示長女》：

記得那些幸福的日子！
女兒，記在你幼小的心靈：
你童年點綴着海鳥的彩翎，
貝殼的珠色，潮汐的清音，
山嵐的蒼翠，繁花的繡錦，
和愛你的父母的溫存。
……
可是，女兒，這幸福是短暫的，
一霎時都被雲鎖煙埋；
你記得我們的小園臨大海，
從那裏你們一去就不再回來，
從此我對着那迢遙的天涯，
松樹下常常徘徊到暮靄。

詩人這裏所懷念的舊居，就是他在香港所住的薄扶林道上被稱為「木屋」的那座房屋的二樓：背山面海，四周被樹木環繞，

戴望舒的首任妻子穆麗娟及女兒戴詠素，三人曾居於林
泉居。

戴望舒與第二任妻子楊靜及女兒

從路邊到他的家裏，要經過一座橫跨小溪的石橋，再走很多的石級才可以到。所以地方十分幽靜，真是理想的詩人之家。望舒住在這裏的幾年生活，可說是他一生中最愉快最滿足的：有固定的工作和收入，有安定的生活，經常有朋友來找他談天喝茶。再加上：

> 我沒有忘記：這是家，
> 妻如玉，女兒如花，
> 清晨的呼喚和燈下的閒話，
> 想一想，會叫人發傻；

> 單聽他們親暱地叫，
> 就夠人整天地驕傲，
> 出門時挺起胸，伸直腰，
> 工作時也抬頭微笑。

然而曾幾何時，他的家庭生活起了意外的激變，使他再走過「木屋」的那間舊居時，詩人不得不寫出了這樣沉痛的短句：

> 靜掩的窗子隔住塵封的幸福，
> 寂寞的溫暖飽和着遼遠的炊煙——

陌生的聲音還是解凍的呼喚？……

挹淚的過客在往昔生活了一瞬間。

　　我同望舒相識逾二十年，在上海曾有兩次同住在一起，到香港後又在一起工作，有許多時候差不多整天的在一起，但我從不曾見他有過為了要解決家庭問題，匆匆又離開香港到上海去的那幾天那麼沉靜。這大約是一九四〇年夏天的事情。他匆匆任我替他料理遺下來的那份職務，也不向我解釋他為甚麼要走得那麼匆忙的原因，就趕回上海去了。我當然也不向他詢問甚麼，因為他也知道我一定早已明白他為甚麼要趕回上海去一次，所以一切說明都是多餘的。不久他又回來了，然而整個人也就從此變了。我想正是在這時候，他寫下了《白蝴蝶》那首短詩：

　　給甚麼智慧給我，

　　小小的白蝴蝶，

　　翻開了空白之頁，

　　合上了空白之頁。

　　翻開的書頁：

　　寂寞；

　　合上的書頁：

　　寂寞。

「木屋」前的那個山坳，在香港是以產蝴蝶著名的，階前的小灌木叢上整年都有蝴蝶飛翔，我想詩人那時即景生情，就寫下了這樣的絕句。

望舒除了法文之外，又通西班牙文。他生平有一個大願望，就是要從西班牙原文將塞凡提斯的《唐吉訶德傳》譯出。這個願望，本來是可以順利完成的，因為在抗戰以前，他已經從庚款文化委員會訂好了翻譯這書的合約，而且已經動手翻譯了。但是不久抗戰發生了，他自己也離開上海到了香港，這工作就無形中停頓。在香港的這十多年，我知道他並不曾完全放棄這個計劃，有空就繼續譯一點，或是將舊稿整理一下。但是能夠放在這件工作上的時間並不多，所以進展得一定很慢。直到他去世時為止，他仍在繼續這個工作。但我不知道他究竟已經將這書翻譯成怎樣了，可能已經完成了第一部初稿。但他不曾將這部大著譯完，這是我國文壇的一大損失，同時也是望舒一生的憾事。他曾經從西班牙文譯了阿索林的《西班牙一小時》、《西班牙抗戰謠曲選》，革命詩人洛蘭伽詩鈔，這不過是這個偉大計劃的副產品而已。

一九五七年八月一日

葉靈鳳（1905-1975）　著名作家、編輯，筆名林豐、霜崖、佐木華等。先後出版長短篇小說集《菊子夫人》、《女媧氏的遺孽》、《紅的天使》及譯作等十多種，曾經編輯刊物《洪水》、《幻洲》（與潘漢年合編）等。1938 年到香港定居至 1975 年逝世。先後主編《立報》、《大眾周報》、《星島日報》，及在各大報刊撰寫專欄。出版《香港方物志》、《文藝隨筆》、《晚晴雜記》、《張保仔的傳說和真相》等。

文 / 小思

讀了葉靈鳳筆下的戴望舒故事，應該對這位著名詩人有點了解。

散文〈香港的舊書市〉，不必在這裏介紹，文章直敍，交代清楚，我選它，有些關乎個人喜好，因為我神往當年香港的舊書攤。樓梯街、鴨巴甸街，如今走過，我仍會放慢腳步，幻想着那些舊書攤還在的樣子。

至於〈山居雜綴〉，那是以詩人之筆寫的散文。

他寫的是香港的山風、香港的雨和樹，也寫都市侷促怎樣使他失去舊園之夢。

那已經是七十多年前的詩人聲音了。

那年他移居到中區的最高一條街 —— 薄扶林道，小洋房林泉居已經不存在了。讀讀《過舊居》，他的心路，卻宛然在目。

山居雜綴

文 / 戴望舒

戴望舒

山風

窗外，隔着夜的蚱蜢，迷茫的山風大概已把整個峰巒籠罩住了吧。冷冷的風從山上吹下來，帶着潮濕，帶着太陽的氣味，或是帶着幾點從山澗中飛濺出來的水，來叩我的玻璃窗了。

敬禮啊，山風！我敞開窗門歡迎你，我敞開衣襟歡迎你。

撫過雲的邊緣，撫過崖邊的小花，撫過有野獸躺過的岩石，撫過緘默的泥土，撫過歌唱的泉流，你現在來輕輕地撫我了。說啊，山風，你是否從我胸頭感到了雲的飄忽，花的寂寥，岩石的堅實，泥土的沉鬱，泉流的活潑？你會不會說：這是一個奇異的生物！

雨

雨停止了，簷溜還是叮叮地響着，給夢拍着柔和的拍子，好像在江南的一隻烏篷船中一樣。「春水碧如天，畫船聽雨眠」，韋莊的詞句又浮到腦中來了。奇蹟也許突然發生了吧，也許我已

被魔法移到苕溪或是西湖的小船中了吧⋯⋯

然而突然，香港的傾盆大雨又降下來了。

樹

路上的列樹已斬伐盡了，疏疏朗朗地殘留着可憐的樹根。路顯得寬闊了一點，短了一點，天和人的距離似乎更接近了。太陽直射到頭頂上，雨直淋到身上⋯⋯是的，我們需要陽光，但是我們也需要陰蔭啊。早晨鳥雀的啁啾聲沒有了，傍晚舒徐的散步沒有了。空虛的路，寂寞的路！

離門前不遠的地方，本來有一棵合歡樹。去年秋天，我也還採過那長長的莢果給我的女兒玩的。牠曾經娉婷地站立在那裏，高高地張開牠的青翠的華蓋一般的葉子，寄託了我們的夢想，又給我們以清陰。而現在，我們卻只能在虛空之中，在浮着雲片的青空的背景上，徒然地描着牠的青翠之姿了。像現在這樣的夏天的早晨，牠的鮮綠的葉子和火紅照眼的花，會給我們怎樣的一種清新之悅啊！想想吧，牠的消失對於我是怎樣地可悲啊。

抱着幼小的孩子，我又走到那棵合歡樹的樹根邊來了。鋸痕已由淡黃變成黝黑了，然而年輪卻還是清清楚楚的，並沒有給苔蘚或是芝菌侵蝕去。我無聊地數着這一圈圈的年輪，四十二圈！正是我的年齡。牠和我過度了同樣的歲月，這可憐的合歡樹！

樹啊，誰更不幸一點，是你呢，還是我？

失去的園子

　　跋涉的罣慮使我失去了眼界的遼闊和餘暇的寄託。我的意思是説，自從我怕走漫漫的長途而移居到這中區的最高一條街以來，我便不再能天天望見大海，不再擁有一個小圃了。屋子後面是高樓，前面是更高的山，門臨街路，一點隙地也沒有。從此，我便對山面壁而居，而最使我悵惘的，特別是舊居中的那一片小小的園子，那一片由我親手拓荒、耕耘、施肥、播種、灌溉、收穫過的貧瘠的土地。那園子臨着海，四周是蒼翠的松樹，每當耕倦了，拋下鋤頭，坐到松樹下面去，迎着從遠處漁帆上吹來的風，望着遼闊的海，就已經使人心醉了。何況牠又按着季節，給我們以意外豐富的收穫呢。

　　可是搬到這裏來以後，一切都改變了。載在火車上和書籍一同搬來的耕具：鋤頭、鐵鈀、鏟子、尖鋤、除草鈀、移植鏟、灌溉壺等等，都冷落地被拋棄在天台上，而且生了鏽。這些可憐的東西！它們應該像我一樣地寂寞吧。

　　好像是本能地，我不時想着：「現在是種番茄的時候了」，或是「現在玉蜀黍可以收穫了」，或是：「要是我能從家鄉弄到一點蠶豆種就好了！」我把這種思想告訴了妻，於是她就提議説：「我們要不要像鄰居那樣，叫人挑泥到天台上去，在那裏闢一個園地？」可是我立刻反對，因為天台是那麼小，而且陽光也那麼少，給四面的高樓遮住了。於是這計劃打消了，而舊園的夢想卻

仍舊繼續着。

　　大概看到我常常為這種思想困惱着吧，妻在偷偷的活動着。於是，有一天，她高高興興地來對我説了：「你可以有一個真真的園子了。你不看見我們對鄰有一片空地嗎？他們人少，種不了許多地，我已和他們商量好，劃一部分地給我們種，水也很方便。現在，你説甚麼時候開始吧。」

　　她一定以為會給我一個意外的喜悦的，可是我卻含糊地應着，心裏想：「那不是我的園地，我要我自己的園地。」可是，為了要不使妻太難堪，我期期地回答她：「你不是勸我不要太疲勞嗎？你的話是對的，我需要休息。我們把這種地的計劃打消了吧。」

《香港日報》，一九四五年七月八日

過舊居

文 / 戴望舒

這樣遲遲的日影，
這樣溫暖的寂靜，
這片午飯的香味，
對我是多麼熟稔。

這帶露台，這扇窗，
後面有幸福在窺望，
還有幾架書，兩張牀，
一瓶花……這已是天堂。

我沒有忘記：這是家，
妻如玉，女兒如花，
清晨的呼喚和燈下的閒話，
想一想，會叫人發傻；

單聽他們親暱地叫，

就夠人整天地驕傲，

出門時挺起胸，伸直腰，

工作時也抬頭微笑。

現在……可不是我回家的午餐？

……桌上一定擺上了盤和碗，

親手調的羹，親手煮的飯，

想起了就會嘴饞。

這條路我曾經走了多少回！

多少回？……過去都壓縮成一堆，

叫人不能分辨，日子是那麼相類，

同樣幸福的日子，這些孿生姊妹！

我可糊塗啦，

是不是今天出門時我忘記說「再見」？

還是這事情發生在許多年前，

其中間隔着許多變遷？

可是這帶露台，這扇窗，

那裏卻這樣靜，沒有聲響，

沒有可愛的影子，嬌小的叫嚷，

只是寂寞，寂寞，伴着陽光。

而我的腳步為甚麼又這樣累？

是否我肩上壓着苦難的歲月，

壓着沉哀，透滲到骨髓，

使我眼睛朦朧，心頭消失了光輝？

為甚麼辛酸的感覺這樣新鮮？

好像傷沒有收口，苦味在舌間。

是一個歸途的設想把我欺騙，

還是災難的歲月真橫亙其間？

我不明白，是否一切都沒改動，

卻是我自己做了白日夢，

而一切都在那裏，原封不動：

歡笑沒有冰凝，幸福沒有塵封？

或是那些真實的歲月，年代，
走得太快一點，趕上了現在，
回過頭來瞧瞧，匆忙又退回來，
再陪我走幾步，給我瞬間的歡快？

有人開了窗，
有人開了門，
走到露台上──
一個陌生人。

生活，生活，漫漫無盡的苦路！
咽淚吞聲，聽自己疲倦的腳步：
遮斷了魂夢的不僅是海和天，雲和樹，
無名的過客在往昔作了瞬間的躊躇。

一九四四年三月十日

香港的舊書市

文 / 戴望舒

戴望舒

　　香港人對於書的估價，往往是會使外方人吃驚的。明清善本書可以論斤稱，而一部極平常的書卻會被人視為稀世之珍。一位朋友告訴我，他的親戚珍藏着一部《中華民國郵政地圖》待價而沽，須港幣五千元（合國幣四百萬元）方肯出讓。這等奇聞，恐怕只有在那個小島上聽得到吧。版本自然更談不到，「明版康熙字典」一類的笑談，在那裏也是家常便飯了。

　　這樣的一個地方，舊書市的性質自然和北平、上海、蘇州、杭州、南京等地不同。不但是規模的大小而已，就連收買的方式和售出的對象，也都有很大的差別。那裏賣舊書的僅是一些變相的地攤，沿街靠壁釘一兩個木板架子，搭一個避風雨的遮棚，如此而已。收書是論斤斷稱的，道林紙和報紙印的書每斤出價約港幣一二毫，而全張報紙的價錢卻反而高一倍；有硬面書皮的洋裝書更便宜一點，因為紙板「重稱」，中國紙的線裝書，出到一毫一斤就是最高的價錢了。他們比較肯出價錢的倒是學校用的教科書、簿記學書、研究養雞養兔的書等等，因為要這些書的人是非

購不可的，所以他們也就肯以高價收入了。其次是醫科和工科用書，為的是轉運內地可以賣很高的價錢。此外便剩下「雜書」，只得賣給那些不大肯出錢的他們所謂「藏家」和「睇家」了。他們最大的主顧是小販。這並不是說香港小販最深知讀書之樂，他們對於書籍的處理是更實際一點，拿來做紙袋包東西。其次是學生，像我們這種並不從書籍得到「實惠」的人，在他們是無足重輕的。

　　舊書攤最多的是皇后大道中央戲院附近的樓梯街，現在共有五個攤子。從大道拾級上去，左手第一家是「齡記」，管攤的是一個十餘歲的孩子（他父親則在下面一點公廁旁邊擺廢紙攤），年紀最小，卻懂得許多事。著《相對論》的是愛因斯坦，哥德是德國大文豪，他都頭頭是道。日寇佔領香港後，這攤子收到了大批德日文學書，現在已賣得一本也不剩，又經過了一次失竊，現在已沒有甚麼好東西了。隔壁是「焯記」，攤主是一個老實有禮貌的中年人，專賣中國鉛印書，價錢可不便宜，不看也沒有甚麼關係。他對面是「季記」，管攤的是姐妹二人。到底是女人，收書賣書都差點功夫，雖則有時能看顧客的眼色和態度見風使舵，可是索價總嫌「離譜」（粵言不合分寸）一點。從前還有一些「四部叢刊」零本，現在卻單靠賣教科書和字帖了。「季記」隔壁本來還有「江培記」，因為生意不好，已把存貨稱給鴨巴甸街的「黃沛記」，攤位也頂給賣舊銅爛鐵的了。上去一點，在摩羅街口，是

「德信書店」，雖號稱書店，卻仍舊還是一個攤子。主持人是一對少年夫婦，書相當多，可是也相當貴。他以為是好書，就一分錢也不讓價，反之，沒有被他注意的書，討價之廉竟會使人不相信。「格呂尼」版的波德萊爾的《惡之華》和韓波的《作品集》兩冊只討港幣一元，希米忒的《沙士比亞字典》會論斤稱給你，這等事在我們看來，差不多有點近乎神話了。「德信書店」隔壁是「華記」。雖則攤號仍是「華記」，老闆卻已換過了，原來的老闆是一家父母兄弟四人，在淪陷期中舊書全盛時代，他們在樓梯街竟擁有兩個攤子之多。一個是現在這老地方，一個是在「焯記」隔壁，現在已變成舊衣攤了。因為來路稀少，顧客不多，他們便把滯銷的書盤給了現在的管攤人，帶着好銷一些的書到廣州去開店了，聽說生意還不錯呢。現在的「華記」已不如從前遠甚，可是因為地利的關係（因為這是這條街第一個攤子，經荷里活道拿下舊書來賣的，第一先經過他的手，好的便宜的，他有選擇的優先權），有時還有一點好東西。

在樓梯街，當你走到了「華記」的時候，書市便到了盡頭。那時你便向左轉，沿着荷里活道走兩三百步，於是你便走到鴨巴甸街口。鴨巴甸街的書攤名聲還遠不及樓梯街的大，規模也比較小一點，書類也比較新一點。可是那裏的書，一般地說來，是比較便宜點。下坡左首第一家是「黃沛記」，攤主是世業舊書的，所以對於木版書的知識是比其餘的豐富得多，可是對於西文書，

就十分外行了。在各攤中，這是取價最廉的一個。他抱着薄利多銷主義，所以雖在米珠薪桂的時期，雖則有八口之家，他還是每餐可以飲二兩雙蒸酒。可是近來他的攤子上也沒有甚麼書，只剩下大批無人過問的日文書，和往日收來的瓷器古董了。

「黃沛記」對面是「董瑩光」，也是鴨巴甸街的一個老土地。可是人們卻稱呼他為「大光燈」。大光燈意思就是煤油打氣燈。因為戰前這個攤子除了賣舊書以外，還出租煤油打氣燈。那些「大光燈」現在已不存在了，而這雅號卻留了下來。「大光燈」的書本來是不貴的，可是近來的索價卻大大地「離譜」。據內中人説，因為有幾次隨便開了大價，居然有人照付了，他賣出味道來，以後就一味地上天討價了。從「董瑩光」走下幾步，開在一個店舖中的是「蕭建英」。如果你説他是書攤，他一定會跳起來，因為在樓梯街和鴨巴甸街這兩條街上，他是唯一有店舖的 —— 雖則是極其簡陋的店舖。管店的是兄弟二人。那做哥哥的人稱之為「高佬」，因為又高又瘦。他從前是送行情單的，路頭很熟；現在也差不多整天不在店，卻四面奔走着收書，實際上在做生意的是他的十四五歲的弟弟。雖則還是一個孩子，做生意的本領卻比哥哥更好，抓定了一個價錢之後，你就莫想他讓一步。所以你想便宜一點，還是和「高佬」相商。因為「高佬」收得勤，書攤是常常有新書的。可是，近幾月以來，因為來源涸絕，不得不把店面的一半分租給另一個專賣翻版書的攤子了。

　　在現在的「蕭建英」斜對面，戰前還有一家「民生書店」，是香港唯一專賣線裝古書的書店，而且還代顧客裝潢書籍，號書根。工作不能算頂好，可是在香港卻是獨一無二的。不幸在香港淪陷後就關了門，現在，如果在香港想補裱古書，除了送到廣州去以外就毫無辦法了。

　　鴨巴甸街的書攤盡於此矣，香港的書市也就到了盡頭了。此外，東碎西碎還有幾家書攤，如中環街市旁以賣廢紙為主的一家，西營盤兼賣教科書的「肥林」，跑馬地黃泥涌道以租書為主的一家，可是絕少有可買的書，奉勸不必勞駕。再等而下之，那就是禧利街晚間的地道的地攤子了。

一堵奇異的高牆

文 / 小思

　　那是一堵奇異的圍牆！每一次經過奧卑利街的時候，我總這樣想。

　　灰色為主，卻顯得斑駁的高牆，它的結構很特別：一種特殊的圖案，較低部分用石塊，較高部分用磚頭，另外又有一塊補上水泥。背後的民居比它高，但在視覺上，它仍然很高、很冷，也許，因為沒有窗，完完全全封閉式，再加上一道大鐵門，把外間一切都擋開了。在中環這個繁榮心臟裏，它顯得很不協調。域多利拘留所，現在拘留着些甚麼人呢？我並不知道。

　　一九四二年的春天，日本人把詩人戴望舒困在裏面，讀過戴詩的人，都會記得。在這堵高牆裏面，一個小牢裏，詩人在暗黑潮濕中寫下那首著名的《獄中題壁》，表達了在酷刑後仍不屈的志氣，和深深的仇恨。域多利監獄，從此，永留在詩裏。

　　一九四一年十二月，香港淪陷，一向支持宣傳抗日的戴望舒沒有及時逃離香港，很快就落在日本人手裏了。受了多少苦，身體殘損了，他在詩裏曾有這樣的記錄：「塚地只兩步遠近，我知道 / 安然佔

六尺黃土，蓋六尺青草；／可是這兒也沒有甚麼大不同，／在這陰濕、窒息的窄籠：／做白蝨的巢穴，做泔腳缸，／讓腳氣慢慢延伸到小腹上，／做柔道的呆對手，劍術的靶子，／從口鼻一齊喝水，然後給踩肚子，／膝頭壓在尖釘上，磚頭墊在腳踵上，／聽鞭子在皮骨上舞，做飛機在樑上盪……」捱打、灌水、跪鐵釘、抽皮鞭、吊飛機，這些酷刑，他受過了，但他仍沒有屈服 —— 他的心受磨煉，「在那裏，熾烈地燃燒着悲憤。」他忘不了無限的江山，他說：「我用殘損的手掌／摸索這廣大的土地：」……「手指沾了血和灰，手掌黏了陰暗，／只有那遼遠的一角依然完整，／溫暖，明朗，堅固而蓬勃生春。／……我把全部的力量運在手掌／貼在上面，寄與愛和一切希望，／因為只有那裏是太陽，是春……那裏，永恆的中國！」在以後的三年零八個月的淪陷區生活裏，儘管他已離開那堵奇異的圍牆，但卻離不開香港，於是，他張大眼睛，苦苦地、耐心地等待，等待朋友的回來！

那堵奇異的牆，足以做個見證：詩人在敵人掌握中，怎樣度過那艱難的歲月。我們，生活在和平而繁華的日子裏的人，匆匆在那高牆外走過，有多少能捕捉當年的真實？有多少能體味透滲骨髓的沉哀？

從堅道走下來，或者從中環走上去，路過奧卑利街，別忘記細看那一堵奇異而高的圍牆！

一九八七年五月二十二日

域多利監獄　前稱中央監獄，位於中環奧卑利街 16 號，1841 年落成，為香港第一
所監獄。二次大戰時，監獄內大部分建築物受轟炸而嚴重損毀，日治時期也用作囚
禁英軍將領及同盟國要員等。重光後復修，並於 1946 年重新啟用。2005 年 12 月退
役關閉。域多利監獄現已列為香港法定古蹟，連同毗連的舊中區警署及前中央裁判
司署，組成具有重要歷史意義的中區警署建築羣。2018 年活化改創成一藝術、表演、
市民消閒場地，稱「大館」。（頁 165-167，174-175 的相片由小思在重修前拍攝）

回憶望舒

文 / 黎明起

　　讀着新華社的一段關於望舒逝世的「黑邊」電訊時，心中不禁滾上一片無限的酸楚，有誰會對一個摯友的傷逝不感到悲愴的呢！

　　望舒身材高大，所謂腰圓背厚，外表看來是相當壯碩的，可是，誰又會料到他在壯年的時候便撒手人寰，永遠離開了他的朋友和工作。

　　和望舒認識是「八一三」的翌年，他從上海來香港，在《星島日報》任副刊「星座」的編輯，那時候他的生活環境大抵頗優裕，居住的地方很不錯，是在薄扶林道半山上的一間別墅式的洋房裏，前臨大海，後靠崇山，坐在書房裏可以聽到那終年「丁東」作響的山澗的歌唱。在冬天，他常獨自走到山間的疏林裏拾一些枯枝，然後堆放在大廳上的壁爐裏燒起熊熊的火光來……

　　我和他的友誼關係變得密切，卻是一九四一年日本人攻佔香港以後的事情。當時，因為平日的友人都紛紛走回自由區去，剩下來不能走而稍為可以促膝傾談的朋友真是寥寥可數，望舒就是

這寥寥可數中的友人之一。的確，在那一段三年另八個月的「災難的歲月」裏，我們才真正的了解友誼的可貴。

最使我永誌不忘的是一九四二年春季我們合股經營的一家舊書店「懷舊齋」，這家舊書店雖然僅僅經營了四個多月的短期間，可是卻把我們的友誼搞得更密切。「懷舊齋」的股東一共三人，我、望舒和萬揚，當時的資本是每人一百元軍票，由望舒的介紹，向一個姓沈的朋友購進一批舊書，數目總在千多二千本以上，同時我們自己又拿出一些用不着的舊書來，我們既然有了這麼一大批貨色，於是「懷舊齋」便很快的開張了。當時的「懷舊齋」是開設在利源東街的一家洋服店前面，店務全由我一人主持，因為萬揚另有事務，沒有空間，望舒又是外省人，買賣間語言諸多不便，不過，望舒卻時常在店裏幫忙，比如抄錄新購進的書目、定價以及計算賬目等。「懷舊齋」第一個月的生意總算不錯。賺了一點錢，我們三股東都歡喜不已，但是從第二個月起，我們的生意卻漸漸的走向下坡了，第四個月便完全不能再支持下去，於是便只有關門大吉。關門的原因自然很多，但最主要還是由於我們不善經營之過，平日大家只知搖筆桿，一旦拿起算盤來便不期然的感到手足無措的了。

當時望舒固然在出售舊書，一方面卻又買入不少卷帙，永吉街口和鴨巴甸街口的幾檔較大的舊書攤，都是他日中留連消遣之地。平日香港的舊書攤根本就沒有甚麼書可買，但是在戰時卻不同，不

少讀書人心愛的書因為走難都散失出來，所以在那時的舊書攤上很可以買到一些好書。望舒可以說是個愛書家，平日做人以省儉為主，但戰後他出頂了自己的住所回到上海去，卻居然肯花一千幾百塊錢去搬運他的藏書，這在望舒個人來說，的確是件驚人之舉。

向來他的呼吸器官就不大健康的了，他很容易便患上傷風病，據他自己說，他的哮喘病是在日本人侵佔香港時被捕入獄染上的，可是那時他的病卻很少發作，大概是在潛伏期罷，直到勝利後他回到上海去的那一年，他的哮喘病才嚴重的發作起來，聽說那一次他一共住了兩個多月的醫院才慢慢的痊癒。自此以後，他的病也就時發時癒，但他卻堅決的相信這種病對於他的生命沒有多大危險的。

一九四八年的夏季，望舒卻突然的隻身從上海回到香港來，那時我正好在醫院養病，他到醫院去看過我一次，在第二天我便出院了。當時我很奇怪，他在上海好好的教着書，怎麼又會突然的回到香港來呢？後來才知道他是受着迫害被法院通緝，才再逃到這小島來。

不錯，患哮喘病的人，如果病態並不發作，他就好像平常人一樣的健康，可是，一旦不小心冒了寒，哮喘便會由此誘發。望舒說哮喘發作起來，那簡直比死更要使人難過。聽說在所謂科學發達、醫學昌明的今日，哮喘病依然沒有根治的特效辦法。今日，許多科學家都埋頭於殺人的武器的研究，但對於救治人類生命的

醫學卻似乎很少感到興趣，這該是多麼使人失望的情形啊！

去年（一九四九）二月末尾，望舒才毅然決定北上解放區的北平的，在他要北上的前幾天，好像是三月七號罷，我們幾個朋友原約好到香港仔的艇上去玩半天的，可是那一天望舒卻失約沒有來，這情形大家都不以為意，以為他臨走一定是忙於備辦行裝了，誰也料不到他竟又病發。這次他病發的情形可相當的嚴重，三月九日那一天他到我家，來向我話別，而我卻不在家，後來據我的家人說他走到我家裏竟然哮喘得連上三樓的氣力也沒有，在樓梯口坐了差不多三十分鐘才稍稍恢復氣力。當天晚上我趕到羅便臣道葉兄家裏（那時他寄居在葉兄處）去見他，當時他哮喘着的辛苦的情形，真使人見了難過，幾個朋友以及替他診治的醫生都勸他暫時不要北上，等病狀搞好才打算，因為他還帶着兩個幼女一道，假如在船上萬一發生甚麼事情，那時將怎麼辦呢，而且他們所乘搭的又是一條往南韓的貨船。但是，望舒終於毅然而行，十日下午落船，十一日船便啟航。而望舒這一次的北行竟成永別，嗚呼！……

說人生如夢，而回憶中的友誼，更使人生出造夢一般的感覺啊！

一九五○年四月十日

黎明起　原名黃魯，又名黃漢燊，據 1983 年 9 月 1 日的鷗外鷗口述，「黎明起」筆名是由他代改的。二十世紀三四十年代在香港文壇頗活躍，文章常見於《星島日報》、《華僑日報》等。為戴望舒、葉靈鳳好友。1952 年 7 月 21 日去世。

　　戴望舒的詩風在香港起了很大變化。他不再在雨巷口
躑躅沉吟。

　　陷入日軍手中，身受折磨的他，在中環潮濕牢獄裏，
用殘損的手掌，寫下幾闋悲壯的心曲。

　　混合了血和淚，描繪一顆赤心。剖白式的呼號，凸顯
了一個寄居於香港的中國人心靈。比讀一下《雨巷》，就
可以看到災難如何磨煉他的心志。

　　記憶中，我好像沒看過一首那麼實寫日本人施以酷刑
的詩。《等待(二)》就提到許多酷刑：水牢、摔甩、劍刺、
灌水、跪釘牀、吊飛機，這些殘忍刑罰，使詩人燃燒着
悲憤。

　　每逢路過奧卑利街，我總想起這幾首詩。

獄中題壁

文 / 戴望舒

　　如果我死在這裏，

　　朋友啊，不要悲傷，

　　我會永遠地生存

　　在你們的心上。

　　你們之中的一個死了，

　　在日本佔領地的牢裏，

　　他懷着的深深仇恨，

　　你們應該永遠地記憶。

　　當你們回來，從泥土

　　掘起他傷損的肢體，

　　用你們勝利的歡呼

　　把他的靈魂高高揚起，

然後把他的白骨放在山峰，

曝着太陽，沐着飄風：

在那暗黑潮濕的土牢，

這曾是他唯一的美夢。

一九四二年四月二十七日

暗黑的牢獄

我用殘損的手掌

文 / 戴望舒

我用殘損的手掌

摸索這廣大的土地：

這一角已變成灰燼，

那一角只是血和泥；

這一片湖該是我的家鄉，

（春天，堤上繁花如錦幛，

嫩柳枝折斷有奇異的芬芳）

我觸到荇藻和水的微涼；

這長白山的雪峰冷到徹骨，

這黃河的水夾泥沙在指間滑出；

江南的水田，你當年新生的禾草

是那麼細，那麼軟……現在只有蓬蒿；

嶺南的荔枝花寂寞地憔悴，

盡那邊，我蘸着南海沒有漁船的苦水……

無形的手掌掠過無限的江山，

手指沾了血和灰，手掌黏了陰暗，

只有那遼遠的一角依然完整，

溫暖，明朗，堅固而蓬勃生春。

在那上面，我用殘損的手掌輕撫，

像戀人的柔髮，嬰孩手中乳。

我把全部的力量運在手掌

貼在上面，寄與愛和一切希望，

因為只有那裏是太陽，是春，

將驅逐陰暗，帶來甦生，

因為只有那裏我們不像牲口一樣活，

螻蟻一樣死……那裏，永恆的中國！

一九四二年七月三日

177

等待（二）

文 / 戴望舒

你們走了，留下我在這裏等，

看血污的鋪石上徘徊着鬼影，

飢餓的眼睛凝望着鐵柵，

勇敢的胸膛迎着白刃：

恥辱黏住每一顆赤心，

在那裏，熾烈地燃燒着悲憤。

把我遺忘在這裏，讓我見見

屈辱的極度，沉痛的界限，

做個證人，做你們的耳、你們的眼，

尤其做你們的心，受苦難，磨煉，

彷彿是大地的一塊，讓鐵蹄踩踐，

彷彿是你們的一滴血，遺在你們後面。

沒有眼淚沒有語言的等待：

生和死那麼緊地相貼相挨，

而在兩者間，頎長的歲月在那裏擠，
結伴兒走路，好像難兄難弟。

塚地只兩步遠近，我知道
安然佔六尺黃土，蓋六尺青草；
可是這兒也沒有甚麼大不同，
在這陰濕，窒息的窄籠：
做白蝨的巢穴，做泔腳缸，
讓腳氣慢慢延伸到小腹上，
做柔道的呆對手，劍術的靶子，
從口鼻一齊喝水，然後給踩肚子，
膝頭壓在尖釘上，磚頭墊在腳踵上，
聽鞭子在皮骨上舞，做飛機在樑上盪⋯⋯

多少人從此就沒有回來，
然而活着的卻耐心地等待。
讓我在這裏等待，耐心地等待你們回來：
做你們的耳目，我曾經生活，
做你們的心，我永遠不屈服。

一九四四年一月十八日

心所牽繫的並非香港

問： 中環域多利監獄及中區警署建築羣完成復修，現改稱
　　大館，開放公眾參觀，可説是一個新的文學散步地
　　景吧？

小思： 能保留歷史地景，不是不好，但當我去看這新地景
　　時，完全沒有看舊跡時那樣情緒激動盪漾。還未修
　　復前，我進過舊址監房參觀，陰森森的，黑鬱鬱的
　　牆壁，我像突然與戴望舒打個照面，看見受到日本
　　人酷刑，身體受創後的詩人，坐在貼牆的木牀上，
　　用他沾了血殘損的手掌，撫摸着牆壁，寫下對祖國
　　的思念和情緒。我站侷促牢中，寒毛直豎，淒冷感
　　覺遍全身。復修後雪白光亮，給人印象完全不是那
　　一回事。

　　是不是一個新的文學散步地景？我想可以辦些文學
　　活動，但千萬別朗誦戴詩《等待（二）》，免得朗誦
　　者、解詩者為難。免得聽者覺得情景錯置，產生矛
　　盾感覺。

問： 提到戴望舒，很容易便聯想到葉靈鳳，老師為甚麼編
　　著此書時未有加入葉先生？

小思： 第一次編寫此書時，我選取已掌握最多材料、已有
　　研究成果的文化人及地景作對象寫成。當時我還未
　　落實研究葉靈鳳，故沒有放入書中。
　　葉靈鳳在港生活的時間比戴望舒長，比許地山更
　　長，他們的心牽連祖國多於香港。當年葉靈鳳留在
　　香港為自己的國家工作而已，本不是要在香港落地
　　生根的。

問： 葉文〈望舒和災難的歲月〉中有一句：「若是客死在這
　　孤寂的島上，我想作為詩人的他，一定死得不能瞑
　　目了。」讀到這句話感受和衝擊很深，原來他們是
　　這樣看當時的香港。

小思： 當年香港是個英國殖民地，故用上「客死」一詞。小
　　島沒有母國的文化，故言「孤寂」。愛國文化人客死
　　異地，故言「不能瞑目」。誰想到因為一些不便明言
　　的理由，最後是葉先生自己死在香港。善讀者讀到
　　快出版的《葉靈鳳日記》，就會明白了。

淺水灣，
無端地在中國文學上留下了
刻骨銘心的名字，
都同女作家有關……
而蕭紅，卻是一個浪蕩的孤魂……
流落在太平洋的邊緣……

蕭紅

東北女作家

生平 (1911-1942)

1911 年　原名張迺瑩，出生於黑龍江哈爾濱呼蘭河縣。

20 歲時離家出走，流浪多處。

1940 年　1 月逃避戰亂至香港。

30 年代以小說《生死場》成名。

主要作品有《生死場》、《呼蘭河傳》、《商市街》、《後花園》、《小城三月》等。

1942 年　1 月 22 日於香港病逝，享年 31 歲。

香港足跡

1940 年　年初蕭紅與端木蕻良由重慶抵港，居於九龍樂道。

在香港完成的重要作品有《呼蘭河傳》、《後花園》、《馬伯樂》。

來港不足兩年，在戰爭的恐懼和肺病折磨下離世。

端木蕻良和駱賓基，把她的骨灰的一半埋在淺水灣麗都花園海濱，1957 年中國作家協會廣州分會將這部分骨灰遷葬廣州東區的銀河公墓。另一半骨灰則埋在聖士提反女子中學校園。

1996 年　端木蕻良逝世，1997 年 5 月 13 日其妻鍾耀羣帶同端木蕻良部分骨灰來港，灑於聖士提反女子中學校園。

寂寞灘頭

文 / 小思

　　夏季過後，我去淺水灣！

　　乘公共汽車去，不必像戴望舒：走六小時寂寞的長途。不過，我也沒有帶一束紅山茶，因為在那裏，已找不到可放茶花的墳。

　　望着海一片，當年，就為了這個原因，兩個男人把蕭紅的骨灰埋在灘頭？多病的女作家，在一九四〇年到了香港來 —— 多霧而潮濕的小島上，有沒有來過淺水灣？好像不見有人提過。她寫商市街，寫呼蘭河，我多麼渴望有一天，在發黃的報紙堆裏，竟然讀到她寫香港的文字，特別是寫淺水灣的。

　　日本人佔領了香港，蕭紅輾轉在兩間醫院的病牀中，捱不盡的恐懼與病痛折磨，終於死在臨時的戰時醫院裏，兩個男人 —— 她愛的或愛她的，把她火化了，一九四二年一月二十五日的黃昏，把骨灰埋在淺水灣海邊。

　　那裏，已經沒有了骨灰，因為繁華的旅遊點容不了一個淒涼人的痕跡，一九五七年，關心她的人幾經辛苦才把小小半瓶骨灰移到廣州去了。但遠方來客，到今天，總會對我說：我想去看看

一九三〇年代淺水灣沙灘，相片最左側山腳處白色建築為麗都酒店。

蕭紅葬身之所。每一次，我都很難過，究竟在哪裏呢？淺水灣變了許多，「蕭紅之墓」四個大字的木牌，早就消失了，只能憑着當年的一幀照片，去找有欄杆的梯階，和一棵大鳳凰木，樹下就是曾埋蕭紅的土壤。

有一位詩人寫下這樣的「蕭紅墓誌」：「……而漫長的十五年，/ 小樹失去所蹤，/ 連墓木已拱也不能讓人多說一句。/ 放在你底墳頭的，/ 詩人曾親手為你摘下的紅山茶，/ 萎謝了，/ 換來的是弄潮兒失儀的水花。/ 淺水灣不比呼蘭河，俗氣的香港商市街，/ 這都不是你的生死場……」

淺水灣，無端地在中國文學上留下了刻骨銘心的名字，都同女作家有關。張愛玲藉着白流蘇、范柳原，讓淺水灣變成無盡又不斷翻新的愛情故事舞台。而蕭紅，卻是一個浪蕩的孤魂，找不到歸路，流落在太平洋的邊緣，叫許多人想起淺水灣。

我站在灘頭，許多鳳凰木的其中一棵下，彷彿聽見蕭紅説：「整個城市在陽光下閃閃灼灼撒了一層銀片，我的衣襟風拍着作響，我冷了，我孤孤獨獨的好像站在無人的山頂。每家樓頂的白霜，一刻不是銀片了，而是些雪花，冰花或是甚麼更嚴寒的東西在吸我，全身浴在冰水裏一般。」

海天一片，潮漲潮落，淺水灣，有過一個蕭紅的故事！

一九八七年六月十五日

淺水灣 位於港島南區，由私人機構與殖民政府開發的海濱度假區及游泳勝地。泳灘旁的淺水灣酒店於 1920 年開幕，英式建築風格，吸引當時顯貴及遊客前去休憩遊玩。日治時期，淺水灣被稱為綠之濱，酒店曾用作醫院及療養中心。1982 年酒店清拆改建為私人住宅及購物商場。

文 / 小思

尋蕭紅曾埋一半骨灰的所在地，真叫人傷透精神。

看到當年親為她把骨灰起於淺水灣路旁的幾位文化人，在垂老之年，重臨舊地時的茫然若失神情，我明白，香港面貌急劇變化，對他們來說，舊地已經不再存在。我指點說這就是從前的麗都、這就是從前的灘邊草地……他們只搖首輕嘆，認不出了。

多少年來，我只好憑着僅見的幾張老照片，猜度她埋骨之地。

幸而最近找到夏衍寫的〈訪蕭紅墓〉，清楚記錄了墓地所在。文章說，在麗都正門，北行約一百七十步，西向面海，就是那一半骨灰埋藏過的土地了。幸而我還認得麗都建築物所在位置，每個人的步伐大小，差不了多少，試走一百七十步，我總算「確認」了蕭紅的墓址。

我們重讀戴望舒、葉靈鳳的文字，就更有親臨感了。

蕭紅墓畔口占

文 / 戴望舒

走六小時寂寞的長途，
到你頭邊放一束紅山茶，
我等待着，長夜漫漫，
你卻臥聽着海濤閒話。

一九四四年十一月二十日

訪蕭紅墓

文 / 夏衍

　　整個雙十節上午，震耳的鑼鼓和不斷的龍燈獅子簡直使我不能安居，偶然想起，趁這半天的空閒，去看看蕭紅的墓吧。

　　打電話給 K，他是光復後最早到香港來的，他曾和戴望舒去掃過墓，所以他知道這位身世淒涼的作家埋骨的地方。在汽車裏，K 一直懷疑，這個墓是不是還會存在。

　　「我們去的時候，那一帶已經是一片荊棘，上月有人說，這一帶已經整理過了，那就不知道他們會不會把它整理掉了。」

　　還有餘威的秋陽曬得我有點頭暈，我沒有談話。

　　從黃泥涌峽道轉了一個急彎，淺水灣已經在望了，海水依舊平得像一面鏡子，沙灘上還有人在喝茶、閒眺、開留聲機，麗都俱樂部除出屋頂上的英文名字被改成日本字體的「東亞」二字之外，一點也沒有毀傷，依舊是耀眼的彩色遮陽，依舊是白衣服的西崽，依舊是「熱狗」和冰咖啡，鐵絲網拆除之後，似乎比戰前更沒有戰爭的氣味了。我們在麗都門口下車，K 依舊是一路懷疑，幾次三番說可能已經被英國人拆掉，可是很快的他就喊了：

「在這裏，在這裏，沒有動。」

蕭紅的骸骨埋在從麗都的大門邊正北行約一百七十步的地方，西向面海，算得上是風景絕佳之地。沒有隆起的墳堆，在一叢開花的野草中間，露出一塊半尺闊的木板，排開有刺的草，才看出「蕭紅之墓」這四個大字，看筆跡就知這是端木寫的。木牌後面有一棵我叫不出名字的大樹，很奇怪這棵樹的軀幹是對分為二的。以墓為中心，有一圈直徑一丈多的矮牆，其實，這不能説牆而只是高不及尺的「石圍」而已。從墓西望，前面是一棵婆娑的大果樹、兩三棵棕櫚和鳳尾樹，再前面，就是一片沙灘和點綴着帆影和小島的大海了。

我們很感謝英國人整理海灘的時候沒有毀壞掉這個墳墓。整個淺水灣現在找不出另一個墳墓，蕭紅能夠有這麼一個埋骨之地倒似乎是一極異數了。很明白，管理海灘的人不剷平這個墳，外圍的石圍起了很大的作用，這是一位仗義的日本人拿出錢來修的，這個人是東京朝日新聞社的香港特派員，小椋廣勝，他認識望舒也認識端木。除他之外，參加這善舉和在戰爭中着意保存了這墓地的，還有讀賣新聞社的記者和他的夫人。

我們採集了一些花，結成一個花圈，掛在端木手書的木板上，站在墓前，望着平靜的海，我們都有些羨慕蕭紅的平靜了。受難，吃苦，呼號，倒下來，就這麼永遠的安息了，要是她今天還知道她的故鄉在勝利之後還要打仗，她的祖國在和平之後，還

不能得到民主，那麼她也許就不能平靜地睡在這異鄉的地下了吧。

我們帶着黯淡的心回到香港，天黑了，依舊是龍燈獅子依舊是鑼鼓喧天，北望祖國，我們彷彿聽到了大炮和轟炸的聲音。

《新民晚報》副刊〈夜光杯〉
一九四六年十月二十二日，第二版

夏　衍　（1900-1995）　　原名沈乃熙，電影、戲劇作家、翻譯家。主要作品有話劇《上海屋檐下》、《秋瑾傳》、《法西斯細菌》，電影劇本《狂流》，報告文學《包身工》等。

蕭紅墓發掘始末記

文 / 葉靈鳳

　　一九五七年七月二十二日，這是與港府市政局約定正式發掘蕭紅墓的日子。在這天清早，我依照約定的時間到了市政局，陳君葆先生已經比我先到了，我們立刻會同市政局指派協助進行這件工作的秘書華布登先生一同出發。我們這樣早就去，這原是他們的一番好意，因為現在已是游泳季節，淺水灣海邊的遊人很多，蕭紅墓遭破壞的消息在報上發表後，早已引起許多人的注意。華布登先生主張一早就去開工，以便減少好奇人士的圍觀，因為淺水灣在上午游人是比較少一點的，這一番好意我和陳先生當然是贊同的。到了淺水灣以後，我才發現現場佈置隆重的情形更出於我的意料，因為在墓址那一個大圓圈的周圍，早已用帆布搭了篷帳密密的圍起來。我們揭開帆布鑽進去以後，比我們更先到的市政局派來的五個工作人員，早已備齊了工具坐在那裏，等候我們來指示開工了。

　　自從本月初頭，蕭紅墓所在地的這一帶地段承租人香港大酒店，決意要將這一帶地面加以整理另作其他用途後，蕭紅墓的

安全問題又引起了大家的注意和憂慮。本來，遠在今年春初，陳凡先生在《人民日報》上發表了一篇關於蕭紅墓的報導後，我又在這裏的中英學會作了一次演講，報告我在一九四二年秋天同戴望舒先生，由於一位日本友人的協助，進入當時還是禁區的淺水灣海濱，第一次見到蕭紅墓的經過，將當時的情形和現在被糟蹋的狀況，借了圖片作了一個強烈的對照，呼籲大家對這事加以注意，籌劃一個妥善的保存辦法。這呼籲總算不曾落空，因為代表中英學會主持這個演講會的馬鑑先生和陳君葆先生，當場就接納了大家一致的要求，說一定要設法使中英學會負起這個責任。後來中英學會正式通過了這提議，寫信給端木蕻良先生，徵求他對於如何保存蕭紅墓的意見。後來因為沒有接上頭，於是這個問題又暫時被擱置起來了。這直到本月初，由於那一塊土地的所有人決意要在那裏興建一座兒童游泳池，蕭紅墓首當其衝，墓上在數年前由別人鋪上去作地基的混凝土地面也被掘開了，形勢已經到了刻不容緩非立即想辦法不可的地步，已經無法再等待端木的回信了，只好由中英學會採取緊急行動。在這方面，香港英國文化委員會的譚寶蓮女士的熱心是可感激的，她首先奔走於市政局和蕭紅墓地產權所有人之間，獲得暫時停工等候善後辦法的決定。但是這時還有甚麼其他辦法可想呢？保存既不可能了，唯一的辦法就是先由他們自己來開掘，將她的骸骨或骨灰起出來，暫時保存起來再說。但是依據這裏的法例，遷移墓葬一定要申請執照

的，而申請人又一定要是親屬，可是端木在急切之間自然無法來港，而當前的情勢又不能再等待了，於是大家商量，只好由我以「友好」的資格，向市政局申請一張遷葬蕭紅墓的執照。這樣奔走了十多天，終於被批准，正在這時，端木及廣州作協來了信，除了表示關懷這件事外，還希望蕭紅的骸骨或骨灰如有發現，立即送回廣州。接着，就在七月二十二日的這天早上來進行正式開掘工作。

由於早幾天的建築工程，墓地上面的那一塊圓形混凝土（這是這幾年墓址被利用作出租泳衣棚架的地基，並不是蕭紅墓的原有物），已經被掘破了一半。大家根據我在一九四二年攝得的那張照片，研究了一下，決定從正中心先掘下去，掘至若干深度，再向前後左右掘一個十字形的深坑，若是還沒有發現，便再沿着十字邊緣掘一個圓圈，這樣就可以萬無一失了。我們這麼決定，是因為對於當年下葬的情形沒有確實可靠的材料作依據，又因為墓地接近沙灘，已經十五年了，也許地下的變化很大，所以事先不得不擬定這樣周密的搜索計劃。我當時甚至同陳君葆先生悄悄的商定，若是發掘結果真的一無所獲，我們至少也該將墓地的泥土保存一點以作紀念。

那幾個工作人員，他們都是整理墓地的熟手，因此開始工作以後，先清除了浮面的石塊，掘至相當深度以後，他們根據土質已經能鑑別哪些是未經人掘動過的原土，哪些是填土。他們

避免觸動原土，儘量向較鬆的填土掘下去。這樣從上午十時工作到下午一時，已經挖成了一條五尺多深的豎坑，除了發現一個白蟻窠以外，甚麼也沒有發現。大家心裏都在暗暗的焦急。華布登先生甚至說，看來這件一個上午可以結束的工作，只怕要繼續至一星期之久了。幾個泥工已經從我們的談話裏，知道要發掘的是一位中國女作家的遺骸，他們工作得熱忱而且細心，並且討論在那兵荒馬亂年代，葬事可能的簡陋情形。他們不顧上面那塊剩餘的半圓形水泥塊崩潰的危險，在五尺多深的坑中，向裏挖了一個個洞，一直向海濱相反的方向朝裏挖去。可是直到午餐休息時為止，這場工作還是一無所獲。

蕭紅墓地上有一棵大影樹，香港今年夏季天氣雖然特別熱，但是有了這棵影樹高疏的綠蔭覆蓋，我們並不覺得怎樣熱。餐後會同陳君葆先生坐在帆布帳外休息，等候到市內去午餐的工人回來開工。無意中同一個管理海灘泳場的辦事人閒談，他不知從哪裏聽來的消息，說這座墓地裏的骨殖，早已在幾年前由一個外國教士挖走了。這是一個我們從未聽到過的消息。雖然我們從未聽到說起過蕭紅是教徒，但在當時工作一個上午尚無所獲的焦急心情下，這「謠言」自不免在我們心上又增加了一層暗影。華布登先生和幾個工人又回來了，我們不敢將這「離奇」的消息告訴他們，以免影響他們的工作情緒。

下午繼續發掘，這時已經是二時半了。因為向裏一直掘過去

並無所獲，便換個方向，朝外向海灘方面來掘，掘了不久發現又是原土，只好停止。這時向前向後和向左都試過了，並無收穫，只有向右再試一試了。這時右首地面上已經堆積了相當高的從坑中掘出來的石塊泥土，工人便向右首坑邊距離地面約二三尺深的土中掘過去，哪知第一鋤才掘下去，就聽到卜的一聲，鋤尖似是碰到了甚麼陶器的響聲。他立時拋下了工具用手來挖開泥土。這時我們也一起圍了過來，泥土被撥開以後，就出現了一具直徑約七八英吋的圓形黑釉瓦罐，蓋子的一部分已經被適才的那一鋤打碎了。我們趕緊將瓦罐捧到空曠的地方，由一位熟悉墓地的工作人員先取出蓋子的碎片，又剔除了墜下的泥土，再將骨灰一部分取出來加以清理。我見到其中有一小塊像是未燒化的牙牀骨，又有一小片像是布灰。然後再小心的放回去，並將蓋子的碎片拼湊完整。

這時正是下午三時正，我們終於找到了蕭紅的骨灰。根據從前所攝的照片看來，那地點正是當年那塊「蕭紅之墓」的木牌豎立的地點。

一九五七年八月三日

寂寞灘頭的蕭紅墓,攝於一九四二年十一月,墓上木牌為端木蕻良所題。

一九四二年十一月十日,葉靈鳳、日本《讀賣新聞》駐港記者平澤、戴望舒(左起)攝於淺水灣蕭紅墓前。(照片由謝榮滾先生提供)

麗都酒店 又名麗都浴場，位於淺水灣泳灘旁。1935 年 3 月開幕，為海濱綜合娛樂場所，有酒吧、餐廳、露天舞池等。九十年代初被私人機構購入，改建為現址的購物商場。

一九四九年的麗都酒店

淺水灣現貌，按夏衍文章試步，估計蕭紅墓址位置。

蕭紅墓上加建作出租泳衣棚架，攝於一九五七年二月。

幽幽小園

文 / 小思

　　五十年前，帶着病體的蕭紅來到了潮濕而寂寞的小島——
這個南方小島跟她北方的故鄉大地多麼不同，她這樣對朋友白
朗說：

　　「不知為甚麼，莉，我的心情永久是如此的抑鬱，這裏的一
切景物都是多麼恬靜和幽美，有田，有樹，有漫山遍野的鮮花和
婉轉的鳥語，更有澎湃泛白的海潮，面對着碧澄的海水，常會使
人神醉的，這一切，不都正是我往日所夢想的寫作的佳境嗎？然
而啊，如今我卻只感到寂寞！在這裏我沒有交往，因為沒有推心
置腹的朋友。因此……我將儘可能在冬天回去。」

　　冬天，她沒有回去，而且，永遠沒有回去。兩個男人把她
的骨灰埋在寂寞灘頭，一九五七年，關心她的人又把埋在那裏的
半瓶骨灰移到廣州去，但還有一半，在哪裏呢？在西環的半山山
坳上。

　　你聽過一條叫屋蘭士里的小街嗎？你當然知道那裏有一間著
名的聖士提反女子中學。斜坡上，綠樹成蔭的小花園，鐵閘永遠

用鏈子鎖住，多麼恬靜和幽美，蕭紅的一半骨灰，就埋在這裏，一棵大樹下。

端木蕻良當年，買了一個花瓶，偷偷藏起一半愛人的骨灰，為的是甚麼原因，旁人真難説得清楚，據説是為了很快就可以把她帶回故鄉去。

那裏，每天早上或者黃昏，都響起婉轉鳥語，許多女孩子無憂地踏上人生道路。你沿着柏道下來，或依着般含道向西走，就回頭看看那個小花園吧！哪一棵樹？我不知道，但那裏一定有縷寂寞孤魂，向北遙望。呼蘭河，原來與聖士提反那麼不相關，可是，一生一死，可憐的蕭紅就把它們聯繫起來了。蕭紅的重要作品都在香港這小島上完成，蕭紅的愛情故事，也永埋在那幽幽小園裏。

一九九〇年六月

憶蕭紅

文 / 周鯨文

　　東北籍女作家蕭紅，在日本攻陷香港後，於一九四二年一月二十二日在香港逝世，卜葬於淺水灣麗都花園海濱。一九五七年八月三日遷葬於廣州市銀河公墓。

　　蕭紅是三十年代的名作家，著作甚多，以《生死場》一書最為風行。貫穿她的著作是以反抗日本侵略為中心，而描述戰亂時中國人民的痛苦，尤其是窮苦大眾的艱苦生活。她的作品是戰鬥的，是描述大眾的生活，而沒有佳人才子的脂粉氣。

　　蕭紅是我的同鄉。我認識她時卻在她人生旅途最後的兩年。她居住過的城市，我都住過，但卻沒有機緣碰到她。一九三一年，九一八事變以後，我在哈爾濱主持《晨光晚報》。在哈埠淪陷前，這張報紙是哈市唯一可以大聲疾呼抗日的，蕭紅那時正讀中學，也可能正和「李老師」熱戀。她在北京讀書時，我也在那裏活動抗日，也沒有碰到過她。當她的《生死場》這本書出版時，我有時也在上海，還是沒有碰面的機會。只到她於一九四〇年來到香港，那時我正在香港辦《時代批評》，才得有機會和她碰面。可

蕭紅在西安（一九三八年）

惜，時間不到兩年，她就在悲慘的情形下結束了人生旅程。

　　蕭紅生前的大半生活，我是耳有所聞，但不詳實。我所詳知的是她同端木到香港以後的情形。給蕭紅寫小傳的駱賓基先生是我的好朋友，寫《浮世小品》涉及到蕭紅生活的孫陵先生也是我的熟人。他們知道蕭紅的過去生活比我多，但詳知蕭紅最後兩年生活的人，我卻是其中之一。駱賓基先生的《蕭紅小傳》和孫陵先生的《浮世小品》，我都未見過。但以我對兩位先生作品的實在性，我寧偏信駱賓基的，因為他是蕭紅彌留時最後兩個送葬人之一（另一人為端木）。在蕭紅死後，端木和駱賓基都到了桂林，他們都很詳實地把蕭紅逝世時的情況告訴我。他們兩人不僅是我的同鄉，而且是我的同志。

　　蕭紅和端木於一九四〇年由重慶來到香港，他們先在《星島日報》上發表文藝作品，我記得蕭紅的《呼蘭河傳》是在《星島日報》上發表。那時我正在香港辦《時代批評》，在我們未見面前，同鄉們已經告訴我這兩位東北作家現在香港，我也急於和他們會晤。

　　有一天下午端木和蕭紅到我的辦事處（雪廠街十號交易所大樓）來訪我。我們既是同鄉又是文化界中人，真是一見如故，彼此非常親近。從此就常相往來，有時到酒樓飲茶，有時他們到我家作客。

　　端木身體很弱，中國文人的氣質很重，說話慢騰騰的，但很

聰明。蕭紅面貌清秀，性格爽朗。有人說她孤僻，我對她倒沒這種印象。

端木和蕭紅都在《時代批評》上發表文藝作品。首先是端木的《科爾沁旗前史》，接着蕭紅的《馬伯樂》長篇小說分期在這個半月刊上發表，共發表十五期，即由六十四期到八十二期，中間有兩三期因《時代批評》出專號或因文章太擠，暫停。

一九四一年四月中旬起，我倡議「人權運動」，在海外轟動一時。各黨派朋友、文化界朋友均曾給以大力支持和鼓勵，端木和蕭紅就在其中。美國女作家史沫特萊那年大約在六、七月間來港，她和蕭紅很熟，蕭紅把史沫特萊介紹給我。史沫特萊很贊成我倡議的人權運動，我們曾舉行茶會討論過這個問題，她說回到美國後也找名流議員支持這個運動，在香港還特別介紹何明華主教和我見面。（註：史沫特萊，死在何時、何地，我不清楚，但在一九五六年前，我到北京郊外八寶山墓場為朋友送殯時，曾見過史沫特萊就葬在那裏。）

一九四一年六月，《時代文學》第一期出刊，名義上是我和端木主編，實際是由他負責。這個刊物出版到第六期，因香港淪陷而結束。在《時代文學》上，蕭紅發表了中篇小說《小城三月》。

說來，我是把全副精神辦《時代批評》，為甚麼又添辦一個《時代文學》呢？理由很簡單，因為端木和蕭紅是文藝作家，他們希望有這樣一種刊物。同時，那時由國內到香港逃難的有大批文

藝工作者，也應給他們發表文章的園地。所以，國內外知名的文藝作家都是《時代文學》的特約撰稿人。

我和端木、蕭紅在香港往還一年多，見面時多談時事，很少談家常，而且在我印象中，蕭紅對時事也不多談。我當時曾想過，她是不喜歡談時事呢，還是有共產黨組織關係不肯隨便說話呢？當時我主觀上沒有認為她有共產黨的黨籍。

在一九四〇年的聖誕節前夕，蕭紅一個人帶一盒聖誕糕到我家。她走了一段山坡路和升登樓梯，累得她呼吸緊張，到屋裏坐了一會才平伏了。我體會到，她身體很弱。事後，我和內人討論過，為甚麼端木不陪她來，讓她一人跋涉走這遠的路。由此，我們開始注意端木與蕭紅的關係。

一年的時間，我們得到一種印象，端木對蕭紅不太關心。我們也有種解釋：端木雖係男人，還像小孩子，沒有大丈夫氣。蕭紅雖係女人，性情堅強，倒有些男人氣質。所以，我們的結論是：端木與蕭紅的結合，也許操主動權的是蕭紅。但這也不是說端木不聰明，他也有一套軟中硬手法。端木與我們往來較頻，但我們在精神上卻同情蕭紅。

八、九月間，我們知道蕭紅常患失眠、咳嗽。她經人介紹到瑪麗醫院診治。本來是以治療痔瘡而往，結果卻發現有肺病。但肺部患處已經鈣化，沒有甚麼不得了。

既然有肺病就得治療了。瑪麗醫院醫生主張：既想治療就得

把已鈣化的結核放開，徹底治療。到醫院兩三次後，端木和蕭紅同意醫生的主張。大概是用氧氣吧，把已結疤的肺部患處吹開。

在未治前，蕭紅雖覺有病，但還是走動如常人，還照常寫作。但經過醫治之後倒真成了病人。體力不夠了，行動不便了，咳嗽加劇了。這就非住院不可了。

拖了這段時間已經是一九四一年十一月初。

端木和蕭紅的寫作收入，在平時是可以過得去，雖不充裕，但可足用。但一有病，住院、醫藥等等的開銷，就不是他們平時的收入負擔得了。

關心蕭紅病況的朋友，多為分憂。柳亞子先生夫婦、于毅夫先生夫婦和我們夫婦是突出的幾位。論經濟環境，當時我的條件比他們都好些。有一天柳亞子先生約我吃茶，特意談蕭紅醫病的開銷，希望我多支助，我當然義不容辭。事後柳先生還贈我一首七言八句的詩，記述談話的經過，現在我只記得其中的一句：「忍教春泥濺落花！……」

以後，我和蕭紅、端木見面，談到醫病辦法，一致主張以住瑪麗醫院為佳，醫生好，設備全，而且也比私人醫院（如養和醫院）開銷較輕。我向他們保證，一切醫療開支，我完全負責。

既如此決定，十一月中旬，蕭紅進住瑪麗醫院，一切經過良好。端木常去看她，隨時把情況告訴我，我也很安心。

十一月下旬某日，端木忽然給我打電話說：「蕭紅出院了！」

我很奇怪：肺病治癒不會這樣快，為甚麼這樣快出院呢！端木在電話中告訴我：「蕭紅不滿意官氣十足的護士小姐，不好好照顧病人。她又討厭讓她住騎樓（主要為新鮮空氣）。昨天，于毅夫去看她。蕭紅把這種情況告訴了他。蕭紅想出院，回家住，于毅夫也贊成。就這樣，于毅夫把她接回來了。」我聽到電話，很不以為然。自然我體會到蕭紅所述之苦。

第二天，我和內人到九龍去看蕭紅。他們是住在尖沙咀附近樂道八號。

他們住一間二百尺左右的屋子，中間一個大牀，有個書桌，東西放得橫七豎八，還有一個取暖燒水的小火爐。蕭紅就躺在那一張又老又破的牀上。見到這種情況，我心中很酸楚。這就是中國文化人的生活。蕭紅和端木在中國文藝界已是成名的作家，而生活如此艱苦，其他以寫文為生的文人，生活更可想而知了。

蕭紅見我們來訪，精神稍微振作，但已是精疲力盡的樣子。瘦削的臉，只有兩隻大眼睛有時尚流露光芒。我和內人向她安慰一番，並且勸她重到瑪麗醫院，家裏這種環境對她這種病是不好的。她首肯同意。同時，她又似正經又似開玩笑地說：「周先生，你正提倡人權運動，請不要忘記了我這份人權。」我很坦誠地說：「你放心吧！」當時我也批評了于毅夫不該任性把她接出來。同時我心裏在埋怨于毅夫，只是感情用事，把蕭紅從醫院接出，而又不能對她有甚麼幫助。實際那時于毅夫的生活也相當苦，他也無

力幫助。

蕭紅端木都再同意我的建議，由端木負責去辦。當我們離開時，我送給他們一些錢。

十一月底，我正忙着和各黨派在香港的負責人商談，擬給羅斯福總統一封電報，建議他不要和日本來栖大使談判，那將是與虎謀皮，空上日本的當，而有損於羅斯福的令名。商談結果，各方以中共的馬首是瞻，共方的代表說得向延安報告請示。我也和宋慶齡洽談過，她不願出名。我看局勢迫切，不容久拖。我回他們說：「拖久了就誤事沒用了，我不能久候，非做個人行動不可了。」他們也無話可說。我乃於十二月二日以我個人名義，打了一個以上述意思為內容的電報，花了一千多元。十二月三日本港中英文大報都刊登了這個電報的內容。

因為我忙於這種事，幾天來也未得顧到蕭紅再入醫院的事。我以為端木去負責辦，我已放了心。

誰知，十二月七日，日本偷襲珍珠港，太平洋戰爭於是爆發。八日清晨七時日本飛機已向香港投彈，香港已入戰時狀態。這時蕭紅並未進入瑪麗醫院，還住在九龍樂道那間小屋裏。

日本軍很快地就佔領了九龍。十八日日軍用炮火把香港北角的美孚行汽油庫打着起火，小部日軍借火掩護強行登陸香港。這期間前後九龍難民冒着炮火向香港逃難。這羣難民中就有蕭紅。

這時我家是住在香港聯合道七號，位置是在一個小山坡，斜

對面是保良局，正對面是英軍的高射炮陣地。保良局門前的一個廣場是英國的炮兵陣地。實際我這個住處是在火網線上。事前我並不知道，當戰事發生時才發現如此。

由九龍逃出的難民，我的表兄張廷樞、友人汪臬如都來我家避難。接着在中環住的廣東友人楊某一家男女老小十多口人也怕轟炸逃到我家。連我家大人孩子傭人七八口人，加上現在逃到這火網線上的親友，已經是廿多個人了。所以處處住滿了人，連車房內都住滿了人。幸巧，我的汽車被香港政府戰時徵用，空出了這一大間車房。而且這間車房，三面是山，頂上是樓，可作為很好的防空洞，只有車門向西面對馬路是唯一有危險的地方。這個車房多為楊家佔用，一有警報，卅來口人都到這車房避彈，覺得空氣都不夠用。

大概在十七八日這兩天，一天下午兩三點鐘，端木、于毅夫兩人抬着蕭紅來到我家。後邊還跟着于太太和兩個孩子。

稍休息一會，我們談如何住法的問題。于説：他可到另一個朋友家擠着住。只剩下蕭紅住的問題。住樓上，不安全，炮火已把三樓房東住的那層打了兩三炮。我住的二層尚未着炮火，隨時有着炮轟的可能。所以，警報一響或炮火一攻，大家都得擠進車房避難，一天不知要跑多少次。蕭紅是病人，不能行走，每次得有人抬，這就不勝其麻煩，而且她弱到這樣的程度也經不起顛簸。車房是安全的，已經住滿了楊家的老少，而且潮濕，不開車

房門就沒有足夠的空氣。這個安全地方也不適於蕭紅。加上，我家和楊家都有七八歲的孩子，蕭紅是嚴重的肺病，我們也不能不給孩子們想一想。

討論的結果，大家決定暫把蕭紅送往雪廠街思豪酒店，由端木照顧她。臨行時，我交給端木五百港幣。

由十八日起到二十一日，日軍不但由九龍陸續登陸香港，在黃泥涌道附近也已發現日軍。我的全家和在這裏躲難的人於二十一日都不得不遷出。於下午二時，我們大隊人馬背包羅傘，扶老攜幼冒着炮火向中環遷移。路上看到炸得爛泥樣的屍體，英京酒家門前還有三四個死屍，炸彈開花有時只離我們十數丈遠。我家的目標是到交易行我的辦事處，楊家的人照舊回家。

蕭紅在思豪酒店約住四五天，忘記了為甚麼原因，不能久住下去。端木和我商量下一步的住處。我忽然想起在士丹利街「時代書店」的宿舍。「時代書店」是我為了發行《時代批評》而設立的，位於皇后道八十八號（戰時書店被日軍沒收，戰後我未收回這所房子，由鑽石酒家租去，並以此址為其發財致富的發源地），在書店後面士丹利街另租兩層房子，一層為書庫，另一層為書店同仁宿舍。書庫這層存書不多，有很寬的地方。由於我想起這處，和端木商量，為何不把蕭紅送到那裏，既安靜又寬敞，而且書店的同仁又都是熟人，也好關照。端木同意我這提議。於是蕭紅就進住書庫這層房子。

香港的淪陷是難於避免的。在二十五日前，我簡略地把《時代批評》、「時代書店」的同仁、蕭紅、二表哥以及我的家眷和我個人的事作了安排。忽的廿五日下午三四點鐘，香港總督宣佈投降。我的家眷避到楊家，我於兩三日前已由同事張某在郝來塢街一家窮苦人家借了一張鋪位。在香港投降的下午，四、五點鐘我們各就事前的安排去處就位。

記得當時，在《時代批評》辦事處打發家眷離開後，我也換上了廣東流行的工人短裝，由張君陪同我，垂頭喪氣地離開了我的「抗日工作大本營」，出門轉向皇后道。這時街上已亂七八糟，鋼盔、軍裝，丟在當街和道旁。到娛樂戲院門前，我決定轉到書店宿舍看看蕭紅和書店同仁，在潛意識中，可能這是最後的訣別！至少，在我在港避難期中不便和他們見面了！

書店同仁見我這般打扮，當然心中有數。我們相約國內見面。我轉到書庫看蕭紅，她蜷伏在一架小牀裏，似在昏沉沉的熟睡。我說：別驚動她。她醒來就說我來過就行了。我拖着沉重的腳步離開了這個地方，我默祝她能恢復健康，我知道這只是願望。實際，我不知道別人的命運，甚至不知道自己的命運。

我於香港淪陷十四天後，僥倖乘漁船逃出了香港。

一九四二年春天，在桂林會見了端木和駱賓基，他們告訴我蕭紅逝世的經過。我真是感慨萬端。

從我知道蕭紅的逝世消息後，我一直在想：蕭紅可以不死，

而蕭紅竟死了。

蕭紅雖患肺病，在當時的醫藥進步情況下，肺病是可以治療的，何況，她的肺患處已經鈣化。偏偏遇到醫生主張把石灰的疤吹開，以便根治。這不能説不對。但需按醫生的指示治療。

在醫院治療時，偏偏有于毅夫這樣好心腸的人，見着病人訴苦，感情用事，竟把她接出病院，投到蕭紅的家 —— 肺病可以肆虐的火坑。（關於這種情況，我平生經過類似的四個朋友的例子，都是不聽醫生勸告，自作主張，以致送了命。）

蕭紅雖然因一時衝動出了醫院，如能經過我的勸告再急行回到瑪麗醫院，在香港戰爭期中，醫院還是照常工作，她還可有醫生照顧，不致使病勢惡化，至少可免去東奔西逃的折磨。這折磨，好人都受不了，何況病人！

簡言之，蕭紅的病初時並不嚴重，不致到不起的境地。首先是主持病的人誤了事。其次，是戰爭把蕭紅折磨死。

蕭紅一生是反抗日本侵略的，寫出了《生死場》。最終，還是日本的侵略斷送這位熱情似火、嫉惡如仇作家的生命。

蕭紅死後能把她的骨灰葬在淺水灣麗都花園，青山綠水伴着這位名女作家，真是「青山有幸埋傲骨」。可謂：相得益彰。

日軍侵佔香港，以抗日成名的女作家蕭紅的骨灰能葬在風景幽美的淺水灣，對日本侵略行為是一種諷刺。但日本人還容得了。可見日本人還有東方文化，死者為大，不向死人算賬。

香港這塊大英帝國最後的殖民地，日軍來時，政府投降，英國財閥逃之夭夭。迨中國人民經過八年血戰，打敗日本時，英國仍得保持這塊殖民地，英國財閥又復翩翩地重臨香港。埋葬蕭紅的地方——麗都花園——是英某財團的產業，藉口動工要挖去蕭紅的墓地，經「中英學會」請求停止挖掘工作。乃去信商得在北京的端木同意，決定將蕭紅墓遷往廣州。蕭紅在港的一些朋友完成掘墓和送墓工作，她的在廣州的一些朋友完成了接骨灰工作，改葬蕭紅骨灰於銀河公墓。

蕭紅的這些朋友中，雙方面都有我的熟人，我很敬佩他們，善盡了朋友之誼，蕭紅的骨灰得到最後的安息之所！

我於一九五六年底來到香港之後，一月某日曾攜內人和一位朋友到淺水灣麗都花園蕭紅墓前憑弔。只見在一株大樹下，立着一尺多長的木牌，上書「蕭紅之墓」。這株樹，四周砌成一個丈多直徑的圓圈，圈的四周由石塊砌成，圈內積土。左近的幾株樹多是如此，大概是為了保持水分的緣故。

蕭紅遷葬時（一九五七年七月）我正在美國旅行，故沒有機會看到當時遷墓的新聞報導。可是事後，我是知道了這回事。

時隔十八年，我時常到淺水灣去，麗都花園情況依然如昨，幾株大樹依然是老樣子，只是缺少「蕭紅之墓」。

每當我到淺水灣麗都花園，我都想起蕭紅，還到埋葬她的大樹下徘徊憑弔。不期然而然的，心中在想：日本侵略者當年佔

據香港尚容得了以抗日成名的女作家埋葬在遊覽區淺水灣麗都花園；而以西方文明自詡、天天主張以民主自由為立國之本的英國財閥卻不容為民主自由奮鬥一生的蕭紅死後埋在地下佔它數尺之地。（實際骨灰在地下，露面的只是一尺高的木牌。）

我想來想去，有些氣憤，動了感情。我在幻想：既以發財為英國財閥的目的，難道中國人就沒有一個有出息有錢有勢的人，以高價收買麗都花園這塊小土地！如我這種幻想都成空，那只希望將來的歷史作翻案文章了！總有一天，麗都花園那株大樹下還會出現「女作家蕭紅曾葬於此地」的石碑。

一九七五年十一月七日

周鯨文（1908-1985）　作家、政評家。早年在倫敦大學學政治學。曾任東北大學校長。30 年代末到香港，設「時代書店」，創辦《時代批評》及《時代文學》。新中國成立後，任第一屆全國政協委員。50 年代再到香港，復刊《時代批評》。

戰前的思豪酒店，日軍侵佔期間，生病的蕭紅曾暫居於此。

一九三〇年的思豪酒店廣告

一九二〇年代的思豪酒店行李牌

端木蕻良魂遊故地

文 / 曾敏之

接到端木蕻良夫人鍾耀羣由北京來信，説有澳洲之行。此去有兩個原因：自端木辭世之後，睹物思人，情難自抑，在澳洲的女兒勸説母親去小住三個月，可以用異國風光為她稍減悲痛。當取道香港飛澳洲的時候，遵守端木生前、臨終一再的囑託，要把端木的骨灰一留北京寓所；一寄東北籌劃中的東北七位作家紀念館，可與蕭軍、蕭紅、舒羣、駱賓基、李輝英、白朗的遺物在一起，供東北家鄉父老鄉親紀念當年為抵抗日本軍國主義侵略從事文學活動的入關作家；一以小盒骨灰帶到香港，灑在一九四二年於太平洋戰爭爆發後因病逝世的蕭紅所住過病院的聖士提反女子中學。

耀羣帶着端木蕻良的囑託，於一九九七年五月十日由北京飛深圳出境，到香港來了。香港作家聯會為她聯繫了端木的友好如羅孚、小思、劉濟昆，商定擇於五月十三日陪她去聖士提反女子中學校園舉行灑置端木骨灰的儀式。

為甚麼到聖士提反女子中學灑端木的骨灰？是因為太平洋

戰爭爆發，日軍進攻香港時，蕭紅病重，曾入以聖士提反校舍作醫院的地方治療，端木在她身邊照顧，當蕭紅沉痾不起，端木為她料理身後，於火化遺骸時在兵荒馬亂之中把蕭紅的骨灰分兩部分，悄悄地埋於淺水灣和聖士提反校園的一株大樹下。這分葬骨灰的往事，迄今已歷五十五個春秋。五十年代，香港文化界曾為蕭紅遷葬於廣州的銀河公墓，到如今墓木已拱，白楊蕭蕭。只有聖士提反校園蕭紅的遺蹟，成了端木縈懷的難遣的心事。端木去了，就把完成灑他的骨灰到聖士提反的遺願交耀羣踐約而作香港之行。

五月十三日是初夏晴明的天氣，小思約了專門研究蕭紅的一位英籍的何書心（Susanna Hoe）女士於上午十時在聖士提反女子中學的校門前集合，羅孚、劉濟昆夫婦、香港科技大學呂宗力博士及于靜小姐都準時而來，耀羣由她的侄女陪來，手持一束鮮花和小小的骨灰盒，裏面就是端木了。

我們一行受到聖士提反女子中學校長蘇國珍女士和擔任中國文學、語文教學的梁政老師、馬莊華小姐的熱忱接待，由衷地協助，引導參觀了這間已有九十年歷史而素負盛名的名校，更指點了蕭紅寄足過的房間。當年香港淪陷於日本軍國主義侵略軍之手，在一個收藏歷史文物的木櫃上仍可看到「昭和十九年」的字樣，這是侵略暴行的罪證。

時間到了十一時，我們進入聖士提反校園，校園裏有古樹參

天、濃蔭匝地，有繁花耀眼、羣鳥爭鳴。雖然四周是大廈高樓，這兒卻清幽靜穆，是紛擾紅塵中難得的環境。梁政老師在聖士提反教學多年，他很熟悉傳聞中關於蕭紅曾寄足於學校的歷史，他也曾想發現蕭紅骨灰埋葬之處。他說有一棵老鳳凰樹滿綴紅花倒下了，如今老根尚存，令他忽發聯想：「蕭紅也許就在這老樹根安息吧？」蘇國珍校長以厚厚一冊的英文校史給我們看，其中就記有蕭紅彌留於聖士提反的事蹟。根據他們提供的資訊，遂由耀羣決定，將端木的骨灰灑於鳳凰樹老根下，同時獻了鮮花，我們蕭然靜默，為兩位作家致哀念，並拍攝了照片。

耀羣不負端木之託，實踐了端木的心願，我們都向她表示慰問及敬意。更可告慰端木於九泉的是，耀羣撰述端木與蕭紅關係的長達五萬字的《端木蕻良與蕭紅》一書已完稿，她說主要是記述端木、蕭紅過去的感情生活，並有他們之間相互通信的親筆信附於書中。半個世紀以來，關於端木與蕭紅的恩恩怨怨，文學界的議論訛傳，在端木生前向耀羣坦誠剖析中已是毫無保留的了，「其言也善」，是可作文史珍聞看待的。

在香港，研究端木蕻良、蕭紅作品的有文史學家小思小姐，寫了《端木蕻良論》的有劉以鬯先生。十三日下午，耀羣去拜訪了劉以鬯，詳談了端木辭世後的一切。劉以鬯決定在他主編的《香港文學》月刊連載《端木蕻良與蕭紅》，由此可見文壇故舊友誼之重。

耀羣十四日飛澳洲了。對這次於聖士提反校園灑端木骨灰的
事，我以七律一詩以紀——

　　　白水黑山萬里情　海濱今日奠雙星
　　　亂離幾度傳恩怨　烽火何堪話誓盟
　　　故國早憐縈舊夢　遺編多卷著高名
　　　鳳凰老樹花飛處　應似霓裳舞玉清

一九九七年五月二十二日

曾敏之（1917-2015）　　現代散文家、詩人、學者和資深報人，1978年來香港，先後任
《文匯報》副總編輯、代總編輯，兼任《文藝》週刊主編。2003年獲香港特區政府頒發榮譽
勳章，表彰他在寫作上及對推廣中國現代文學所作的貢獻。

列堤頓道二號的聖士提反女子中學

草木間立有蕭紅生平的簡介牌

聖士提反女子中學　1906 年創辦，原址位於中環堅道，1923 年遷到現址列提頓道 2
號。1940 年曾被用作臨時醫院。學校主樓樓高四層，以麻石和磚築砌，西式建築配
合中式瓦頂，設計布局與中國合院式設計相近。主樓已列為香港法定古蹟。

校舍內木樓梯

《端木與蕭紅》後記 [1]

文 / 鍾耀羣

五月十三日上午，我帶着端木骨灰和親友來到香港聖士提反女校門前會合。這是一座英國老牌女校，治校極嚴，當天裏面正在進行會考，靜悄悄的一點聲音都沒有，學校老師梁政和馬莊華按時出來熱情地迎接我們到會議室入坐，介紹校方情況。梁老師特別說到校園內有一棵大樹，每年上面都開着紅艷艷的鳳凰花朵，但幾年前忽然倒塌了。並且拿出一本厚厚的精裝校史送給我，翻到四十年代初太平洋戰爭爆發，日寇佔領香港那一段，其中有蕭紅病故於該校的記載。我非常感謝地收下這部寶貴的校史。接着，領我們參觀了日寇佔領時，老師嬤嬤們準備逃跑的樓梯通道，還有日寇留下的櫃子，上面還貼有當時日本年號的標籤。校長蘇國珍在監考之餘，也到校園來接待我們。

校園內大樹參天，花壇草地都很整潔，獨獨在那棵倒塌的大

---

[1] 此文引自鍾耀羣（一九六〇年與端木蕻良結婚，育有一子一女）《端木與蕭紅》（北京：中國文聯出版公司，一九九八年）之後記。

鍾耀羣於聖士提反女子中學後園

樹樹根周圍，雜草叢生，等待料理。劉濟昆先生建議我將端木骨灰撒在花壇上，但我徑直向倒塌的大樹根走去，我認準了這棵倒塌的大樹，就是當年端木埋葬蕭紅骨灰時的那棵小樹，半個多世紀，它應該長成大樹了。每年開出紅艷艷的花朵，不就是因為埋葬了蕭紅的骨灰嗎？幾年前的倒塌，很可能就是當年挖坑埋骨灰時，碰動了這棵小樹的根所致……我毫不猶豫地將裝在紅錦盒內的端木骨灰，撒到了這棵倒塌的大樹下……

從女校出來，盧瑋鑾教授指給我看她蒐集資料、曾工作過的香港大學，就在右邊不遠的山坡上，使我不由想起當年端木深夜懷抱蕭紅骨灰，到她去世的聖士提反女校校園來埋葬的心情。隨後，我們來到淺水灣憑弔當年端木埋葬蕭紅另一半骨灰的地方，大海，沙灘，更衣房，花壇……我都不覺陌生。

回到城裏，拜會了最早出書評論端木作品的著名作家、《香港文學》出版社社長劉以鬯先生，向他匯報了上午順利撒端木骨灰的情況；並告訴他，我寫了《端木與蕭紅》，要為端木平反。以鬯先生毫不猶豫地留下複寫稿子和附件，告訴我七月香港回歸是壓倒一切的主題，八月份可以開始連載。我很感激。

十四日上午，林長青領我去九龍尖沙咀樂道八號二樓，查訪端木蕭紅居住過的地方。但是，五十多年過去了，樂地道區已面目全非，八號一帶已改建成凱悅酒店了，我只能憑着想像抬頭向空悼念。

　　接着，從樂道走到太平洋戰爭爆發時，端木帶着病中蕭紅過海去香港的碼頭，也是甚麼痕跡都找不到了，向對岸看去，一座宏偉的建築正在拔地而起，長青告訴我，那就是今年七一回歸的大會堂。我立即要長青為我拍下這個鏡頭。當年端木為蕭紅受盡苦難的地方，很快就要回到祖國懷抱了，他倆在天之靈，能在香港回歸前夕會合在一起，共同迎接回歸，也不枉他倆用筆為祖國、為人民戰鬥的一生。沒有比這種機遇更好的紀念了！

　　當晚，我乘國泰航班離開香港，當飛機從沿海跑道起飛到天空後，我看到大海中的港島，確實是地球上一顆璀璨的明珠，真是太美了！現在終於回到了祖國懷抱，而端木與蕭紅卻能在這顆璀璨的明珠中永生！

　　十五日上午，飛機準時到達澳大利亞悉尼，女兒鍾蕻抱着端木生命延續的唯一親骨肉小沁芳來接我，真正是悲喜交集！端木臨終時，知道女兒曾不顧一切要放下初生的嬰兒飛到爸爸身邊，他立即要女兒帶好孩子，千萬不要回來……端木是對的，自然規律是那樣的無情，又那樣的有情；人類就是這樣一代一代的延續下來的……

　　三個月後，我將帶着鍾蕻和小沁芳回到北京，繼續完成端木未竟的事業。感謝為這本書進行過幫助的親友們！

一九九七年七月於悉尼

　　蕭紅埋骨一半的故事，原來還有個結尾沒講完。

　　那要等到一九九七年。她的愛人端木蕻良死後，端木太太捧了他一半骨灰到香港來，撒入聖士提反校園的泥土中，讓那兩顆分隔了五十多年的心靈重聚，重綴那幾乎被人遺忘了的愛情片段，這個故事才算完結。幽幽小園，從此又添動人一頁。

　　對於「一個女人把自己丈夫的一半骨灰分給另一個女人」的故事，我再沒有話說。

　　你呢？也許你能生出許多感觸。

　　這算不算很現代很浪漫的愛情故事？

　　蕭紅帶病在香港，完成了著名的《呼蘭河傳》等小說，但沒有寫過香港，我只選了一封提及香港的信，隱約可見香港的影子。一段《商市街》，反映她與蕭軍的窮日子。

蕭紅在香港給華崗的信 [1]

文 / 蕭紅

蕭
紅

西園先生：

你多久沒有來信了，你到別的地方去了嗎？或者你身體不大好！甚念。

我來到香港還是第一次寫信給你，在這幾個月中，你都寫了些甚麼了？你一向住到鄉下就沒有回來？到底是隔得太遠了，不然我會到大田灣去看你一次的。

我們雖然住在香港，香港是比重慶舒服得多，房子吃的都不壞，但是天天想回重慶，住在外邊，尤其是我，好像是離不開自己的國土的，香港的朋友不多，生活又貴。所好的是文章倒底寫出來了，只為了寫文章還打算再住一個期間。端木和我各寫了一長篇，都交生活出版去了。端木現在寫論魯迅，今年八月三日為魯迅先生六十生辰，他在做文紀念，我也打算做一文章的，題

---

① 華崗字西園，為《新華日報》前主編。當時正在重慶鄉下養病，編寫《中國民族解放運動史》。此信摘自鍾耀羣《端木與蕭紅》（北京：中國文聯出版公司，一九九八年）。

233

目尚未定,不知關於這紀念日你要做文章否?若有,請寄文藝陣地,上海方面要擴大紀念,很歡迎大家多把放在心裏的理論和感情發揮出來。我想這也是對的,我們中國人,是真正的純粹的東方情感,不大好的,「有話放在心裏,何必說呢」,「有痛苦,不要哭,有快樂不要笑」,比方兩個朋友五六年不見了,本來一見之下,很難過,又很高興,是應該立刻就站起來,互相熱烈的握手。但是我們中國人是不然的,故意壓制着,裝做若無其事的樣子,裝做莫測高深的樣子,好像他這朋友不但不表現五年不見,看來根本就像沒有離開過一樣。你說我說得對不對?我可真是藉機發揮了議論了。

我來到了香港,身體不大好,不知為甚麼,寫幾天文章,就要病幾天。大概是自己體內的精神不對,或者是外邊的氣候不對。端木甚好。下次再談吧!希望你來信。

沈山嬰大概在地上跑着玩了吧?沈先生,沈夫人一併都好。

(重慶這樣轟炸,也許沈家搬了家了,這信我寄交通部)

蕭　紅

一九四一年五月二十四日

當舖

文 / 蕭紅

「你去當吧！你去當吧，我不去！」

「好，我去，我就願意進當舖，進當舖我一點也不怕，理直氣壯。」

新做起來的我的棉袍，一次還沒有穿，就跟着我進當舖去了！在當舖門口稍微徘徊了一下，想起出門時郎華要的價目——非兩元不當。

包袱送到櫃枱上，我是仰着臉，伸着腰，用腳尖站起來送上去的，真不曉得當舖為甚麼擺起這麼高的櫃枱！

那戴帽頭的人翻着衣裳看，還不等他問，我就説了：

「兩塊錢。」

他一定覺得我太不合理，不然怎麼連看我一眼也沒看，就把東西捲起來，他把包袱彷彿要丟在我的頭上，他十分不耐煩的樣子。

「兩塊錢不行，那麼，多少錢呢？」

「多少錢不要。」他搖搖像長西瓜形的腦袋，小帽頭頂尖的

紅帽球，也跟着搖了搖。

我伸手去接包袱，我一點也不怕，我理直氣壯，我明明知道他故意作難，正想把包袱接過來就走。猜得對對的，他並不把包袱真給我。

「五毛錢！這件衣服袖子太瘦，賣不出錢來……」

「不當。」我說。

「那麼一塊錢……再可不能多了，就是這個數目。」他把腰微微向後彎一點，櫃枱太高，看不出他突出的肚囊……

一隻大手指，就比在和他太陽穴一般高低的地方。

帶着一元票子和一張當票，我快快地走，走起路來感到很爽快，默認自己是很有錢的人。菜市、米店我都去過，臂上抱了很多東西，感到非常願意抱這些東西，手凍得很痛，覺得這是應該，對於手一點也不感到可惜，本來手就應該給我服務，好像凍掉了也不可惜。走在一家包子舖門前，又買了十個包子，看一看自己帶着這些東西，很驕傲，心血時時激動，至於手凍得怎樣痛，一點也不可惜。路旁遇見一個老叫化子，又停下來給他一個大銅板，我想我有飯吃，他也是應該吃啊！然而沒有多給，只給一個大銅板，那些我自己還要用呢！又摸一摸當票也沒有丟，這才重新走，手痛得甚麼心思也沒有了，快到家吧！快到家吧。但是，背上流了汗，腿覺得很軟，眼睛有些刺痛，走到大門口，才想起來從搬家還沒有出過一次街，走路腿也無力，太陽光也怕起來。

又摸一摸當票才走進院去。郎華仍躺在牀上，和我出來的時候一樣，他還不習慣於進當舖。他是在想甚麼。拿包子給他看，他跳起來：

「我都餓啦，等你也不回來。」

十個包子吃去一大半，他才細問：「當多少錢？當舖沒欺負你？」

把當票給他，他瞧着那樣少的數目：

「才一元，太少。」

雖然説當得的錢少，可是又願意吃包子，那麼結果很滿足。他在吃包子的嘴，看起來比包子還大，一個跟着一個，包子消失盡了。

《商市街》，一九三五年

最靠近蕭紅靈魂之地

問：編輯本書時跟老師重遊淺水灣，記得老師拿着蕭紅舊
　　墓的老照片，嘗試從中找出端倪，估計蕭墓的大概
　　位置。老師當時心情仍然沉重激動，這份情感因何
　　而來？

小思：我拿着張老照片，其實我心裏還「拿着」夏衍寫的文
　　　章〈訪蕭紅墓〉。編寫本書的初版時，我還未讀到
　　　夏衍這篇文章，只假設在大馬路往下的石級中間，
　　　還未到海灘處，就是蕭墓。原來我錯了。我是很清
　　　楚麗都未拆毀前的實際位置，所以今天跟着夏衍指
　　　示方法走，在麗都酒店走多少步便可到達蕭墓。果
　　　然看到跟照片中有相似的地方。面對海灘，有幾棵
　　　樹，與舊照差不多，那應該是舊地了。一定要在修
　　　訂版改正過來，才對得起被埋葬的蕭紅。所以心情
　　　很激動。

　　　做研究的人都想求真確，現在我總算找到近似真確
　　　的地點，可以在最靠近她靈魂的地方憑弔，那是另
　　　一種文學、感性的感動。

達德學院內紅樓外牆現貌

臨舊地

孔聖堂

香港島，
加路連山道，
南華會對面

尊崇孔教的人，
在大禮堂開講五經，
另一些人在同一地點，
紀念反對讀經的魯迅，
或歌頌五四新文藝，
這是多麼自由的氣氛……

文化殿堂

文 / 小思

　　喜歡看足球的人，大概沒有人不知道加路連山的南華球場和政府大球場，可是，喜歡香港文藝的讀者，卻未必知道孔聖堂。

　　路過南華會，抬頭便可看見對街的一座石牌坊，上邊三個紅色大字 —— 孔聖堂。進了牌坊，沿石階上去，樹蔭深處，便見一幢中國式三層高建築物，藍瓦飛簷，紅色木雕窗櫺，古雅而莊重。

　　一九三四年，要建可容千人、三層無柱大禮堂，實在不簡單。一九三五年落成後，每年在裏面祭孔，更顯示了當年殷商簡孔昭、葉蘭泉、鄧肇堅對儒家孔教的崇敬，但他們恐怕沒有想過，孔聖堂，從三十年代直到五十年代初，竟然和新文學活動，發生了那麼密切的關係，成為香港文藝活動一個極重要的場地。

　　數不清的文藝節目在演出，一個個盛會在舉行。那些尊崇孔教的人，在大禮堂開講五經，另一些人在同一地點，紀念反對讀經的魯迅，或歌頌五四新文藝，這是多麼自由的氣氛！

　　我站在高大的花格木門下，看見這麼的一個場景：香港各大文化團體的代表都來了，舞台中央懸掛了「中國漫畫家協會香

港分會」會員繪畫的大幅魯迅側面像，相比下，旁邊掛着的中國國旗和國父像，就顯然渺小得多了。主席許地山先生致開會辭，說明慶祝魯迅六十誕辰的意義，一向不愛露面的蕭紅報告魯迅的傳略，跟着是徐遲的朗誦和長虹歌詠團的紀念歌。那天下午，外邊正大風大雨，但阻不住參加者的熱誠，難怪有人說這是一個盛會。至於晚上的紀念晚會，李景波演《阿 Q 正傳》，文協會員演出、馮亦代導演的《民族魂魯迅》等，也吸引了許多文藝愛好者買兩角錢門票進場 —— 兩毫子，在一九四〇年，不算便宜……

……一九四八年五四紀念，在香港的中國文化人，隱隱然已察覺中國大地快進入一個火紅的年代，千多人聚在孔聖堂裏，坐着站着，聽茅盾、郭沫若演講。人們聽見「新文藝的主要目標是為廣大的人民服務」、「我們需要民主精神」的呼聲，許多人心裏明白，自己快要離開香港，回到祖國去了……

孔聖堂旁邊有棵很大很高的木棉樹，每到春末就開着紅燦燦的花朵，它見證了許多人從事文藝的決心。五十多年來，它伴着孔聖堂，聽過無數作家的聲音！可以這樣說：孔聖堂，是香港的文化殿堂。

一九九〇年六月

孔聖堂　1935 年落成，建築物仿照山東孔子古廟興建，為早期少有的華人大型會堂。講堂推廣儒家思想文化，同時，借出場地讓文化界舉辦悼念魯迅活動，讓新文化運動代表舉行演講。1953 年，在講堂旁設立孔聖堂中學。

孔聖堂旁的木棉樹

選 文 思 路

文 / 小思

一九四八年五月六日的《華商報》上，記者報導了五月四日在銅鑼灣加路連山的孔聖堂舉行的五四文藝節紀念大會。會中請了三位著名作家演講：茅盾講的是〈文藝工作者目前的任務〉，內容宣傳當時左翼的文藝政策，談的是大眾化問題、作家自我改造、文藝界統一戰線；陳君葆講的是〈我對語文改革問題的看法〉，針對的是當年一些新想法，都跟今天沒有甚麼關聯。我只選了郭沫若講的〈科學與民主〉，只因說的是永恆真理，值得我們深思反省。

一些恆真的守則，不會過時，卻很容易給忽略了，還需要時刻提醒。

孔聖堂

紀念巨人的誕生

—— 加山孔聖堂昨天一個盛會

文 / 郡嬰

　　遠在六十年前 —— 一八八一 —— 浙江紹興，一家姓周的家裏，誕生了一個嬰孩。嬰孩的誕生，是最普通的一件事，哪裏會引起外人的注意，不過這個嬰孩是例外的，他的一生甚至於他的死，卻為無數的青年人和正義者，其中包括着國籍不同、地位不同、職業不同、階級不同的人們所敬崇模仿，就像基督徒對於耶穌一樣。

　　四年前 —— 一九三六 —— 一個秋天的清晨，我們的文化巨人魯迅先生，在許多明槍暗箭裏，和一切黑暗的勢力戰鬥了五十多年，竟悄悄的離開這人間了。那時正是十月十九日上午五時二十五分。

　　這就像是一位戰士的死去，對於中國，那損失之大是無可比擬的。單是在中國新文化運動的短短歷史中，魯迅先生是怎樣光明燦爛的一顆星，他的進步思想在青年中的影響，他的著作對於文化界的貢獻，是非一支禿筆可能記敍的。他的事業，他的精神，

將永在歷史上發着光輝，他的人格，也將永為革命者的模範。恐怕那些在魯迅先生生前敵視他的人們，以及和他對立的人們，也不能不承認他的偉大。

魯迅先生的逝世距今已經四年了，昨天是他六十誕辰的紀念。本港各大文化團體昨日下午在孔聖堂舉行紀念會。雖然魯迅先生在他的遺囑上說「不要做任何關於紀念的事情」，但是這件事卻不容易做到。在中國展開血戰爭取民族獨立的時期來紀念這位民族革命的偉大鬥士，其意義是如何的重大。會所中懸掛着中國漫畫作家協會所作的魯迅先生遺像，消瘦的面容，濃深的眉毛，仍然藏着他生前的剛強性格和慈善的心腸。

昨天的天氣雖是這樣惡劣，大雨如注的傾下，然而赴會參加紀念的人，並沒有因而減少。赴會途中，到處可以看到參加者持着雨傘，穿着雨衣，頂風冒雨的帶着十二分的熱忱向孔聖堂走去。

三時開會的時候，三百多名赴會者一同肅靜下來，許地山先生的開會詞，蕭紅女士的報告魯迅先生傳略，張一麐先生的講演，徐遲先生的詩朗誦以及長虹歌詠團的唱紀念歌，每字每句都抓着了聽眾的注意力，並沒有像在其他會場中，聽眾打瞌睡及談話的現象。講演者或歌唱者的引人興趣與否先不必去說它，這只可以說魯迅先生的思想、行動在民族革命的怒潮中，是繼續高漲着，有一種推動的力量存在着。

中國的抗戰已進入了第四年，多少英勇的戰士為人民大眾

的幸福犧牲了個人的利益。這正同魯迅先生一樣，一生在堅苦鬥爭中，不屈不撓地為被壓迫的民族呼號吶喊，為正義自由抗爭到底。在黑暗中，執着火炬，奮勇前進，不妥協不投降。他是一個民族革命的鬥士，中國不亡，魯迅先生的精神是永不朽的。

《星島日報》，一九四〇年八月四日

郡嬰　筆名，生卒不詳。

孔聖堂當年活動之一：紀念魯迅六十誕辰

主席張一廛致詞

蕭紅報告魯迅事跡

三個作家講文藝問題（節錄）

文 / 郭沫若

　　五四文藝節，文協香港分會在孔聖堂舉行盛大紀念晚會，當晚由郭沫若、茅盾、陳君葆等演講，對當前文藝任務及有關問題，作了具體的分析，茲分錄他們的演講詞如下：

郭沫若講：科學與民主

　　我們需要科學，但不僅需要科學的方法、技術和成果，而且需要科學的精神。

　　我們也需要民主，但不僅需要民主的方式、制度和憲法，而且需要民主的精神。

　　民主的精神和科學的精神，在實際上是一而二，二而一的東西。

　　科學的精神是甚麼？它是承認有客觀的真理，懷抱坦白無邪，甚至獻身的態度，去闡發這個真理，更進而利用這個真理以改進人類的生活，增致人類的幸福，使人類社會進化到理想的社會。

　　故爾科學的精神，是要我們：（一）毫無私心，（二）體驗真

理，（三）力求進步，（四）捨己為羣。

這種精神，不僅科學家應該具備，一切的人都應該具備。我們不僅需要科學家，而同時需要有科學精神的文藝家、政治家、道德家。在究極上，科學與文藝並非對立，科學與政治並非對立，科學與道德並非對立。

在這兒我們可以得到「科學與民主」的一元的了解，科學精神若用到社會國家的措施上便真正的民主了。

故爾科學精神與民主精神是一而二，二而一的東西。假使我們在社會國家的處理上對於：（一）公平無私；（二）體驗真理；（三）力求進步；（四）捨己為羣——這四項基本要素任缺一項，那就是缺乏民主精神，也就是缺乏科學精神。

缺乏科學精神的民主不能算是真正的民主，在那樣的假民主制度之下，科學也不會發展，而且一定會萎縮的。

故爾沒有科學的地方也就沒有民主，沒有民主的地方就沒有科學。

因而我們今天所迫切需要的，是民主化的科學與科學化的民主，主要在為人民服務的大前提之下使「科學與民主」結合。

《華商報》，一九四八年五月六日

郭沫若（1892-1978）　中國現代具影響力的詩人、歷史學家、古文字學家、劇作家。曾任中國科學院院長、全國文聯主席、中國科學技術大學首任校長。作品有《新華頌》、《東風集》、《蔡文姬》、《屈原》、《李白與杜甫》等。

學士台

香港島，
蒲飛路巴士總站，
朝海方向對開處。

一九三〇年代的文化茶話會

可以想像，
學士台的每一棟房子裏，
都有作家畫家，
在窗下，
動筆把自己心意記錄下來……

學士台風光

文 / 小思

　　如果相信冥冥中注定的話，學士台，這條小街，改好了名字，在等待一羣學士在那兒度過一段可能很忙亂，但又可能有所企盼的時光。

　　上世紀二十年代，西半山有幾段台階，上建樓宇。一台一街，各有古雅名號，分別為學士台、桃李台、青蓮台、羲皇台、太白台，再加上因重建發展而消失在地圖上的紫蘭台和李寶龍台，則合稱為西環七台。

　　那是一九三八至一九四〇年間，半山的學士台，跟現在我們看到的完全不一樣。現在是幢幢高價華廈，你自蒲飛路巴士總站朝海方向看去，就看見它的新貌。但三十年代，人們必須走下一段段台階，才能見到一個一個平台，每個台就是一條小街，建了些老式房子。聚居在那裏的，都是中國著名的文化人，包括了畫家、詩人、作家、記者、編輯。他們的名字，都會寫入日後中國文學史、繪畫史的。

　　曾住在那兒的卜少夫回憶說：「在當時儼然成為香港的拉丁

一九七〇年代的桃李台

區。」你試想想，午夜的時候，洋場才子穆時英還獨坐窗前細聽海上傳來的汽笛聲，懷念着上海。又或者，你會在黃昏時刻，在薄扶林道上（施蟄存用了它的古名，叫「薄鳧林」），遇到戴巴黎軟帽的鷗外鷗在散步，或穿得體面的葉靈鳳和施蟄存，正在邊走邊談，緩步走向附近的林泉居去看望老朋友戴望舒。當然，郁風、葉淺予、張光宇、張正宇、但杜宇、曹涵美、丁聰、魯少飛可能聚在屋子裏正在談漫畫或木刻創作。徐遲和馮亦代可能在討論電影、戲劇或翻譯。偶然，你還會碰到胡蘭成。

　　他們有些聚居同一屋子，有些分門別戶，學士台就顯得熱鬧了。這一羣人，都是為了抗日戰爭，從大陸不同地方，跑到香港這小島來，他們切切想念着祖國親人，試圖用筆墨去表達自己的感情。我們可以想像，學士台的每一棟房子裏，都有作家畫家，在窗下，動筆把自己心意記錄下來，可惜的是我今天能讀到的不多。

　　過了不久，人事變遷大了，各人選擇了要走的方向，學士台，也就風流雲散。香港拉丁區，已成為一個不為人所知的歷史名詞。

一九九〇年六月

三十年代文化茶話會

二十世紀三十年代文化茶話會，相中女士左側為侶倫。

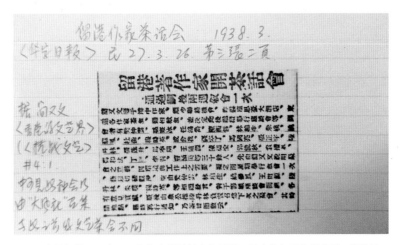

侶港作家茶话会　　1938. 3.
〈華字日報〉民 27. 3. 26. 第三張二頁

印港著作家開茶話會

小思以卡片記錄了一九三八年作家開茶話會的新聞。其中參加者有樊仲雲、穆時英、薩空了等。

上環儒林臺　跟西環七台建築方式相近，現今仍保持較完整面貌。

264

曾誤寫路牌「儒林」作「裕林」，經過公眾討論，現已回復正名，名稱更能反映地區歷史文化。

學士台舊址現為私人屋苑

青蓮台現貌

西環七台　位於堅尼地城的住宅區。七台的一帶由商人李陞購入,其子李寶龍管理。七台之中,其中六台的名稱都與李寶龍崇敬的詩人李白有關,而位置最高的是學士台。青蓮台的魯班先師廟於 1884 年建成,現仍保持大體原貌,被列為香港三級歷史建築。現在各台唐樓建築均拆去,興建各式新大廈。

選 文 思 路

文 / 小思

　　今天在大廈林立的學士台附近，我們還可以找到桃李台、青蓮台、太白台這些好聽文雅的名字。上世紀三十年代，許多南來的文化人，為了逃避戰火，各懷心事，來到這一帶聚居。

　　我選了兩位著名小說家的散文，也許長了點，但只要細心閱讀，可見文章記錄了他們的心中的牽掛。這個南方小島，雖然給了他們安穩、無戰火威脅的生活，但卻無法洗掉中國人對中國命運的繫念。

薄鳧林雜記

文 / 施蟄存

一、小引

　　來到香港，轉眼便是三月，旅客的心境居然漸漸消失掉，雖然我知道不久它仍將回來，而我也仍將懷之以辭別這個喧囂的島國。但目前，總算又暫時在一個新環境獲得了安定的生涯。做些甚麼呢？倘若有半天的閒暇，而又不預備看書的時候，就會自己發着這樣的問題。寫一點甚麼罷，這是屢次自動地跳出口來的答案。抗戰以來，沒有寫出過一點任何東西，然而天天在企圖寫一點甚麼。這並不是想憑藉這寫出來的東西，表現我也在抗戰，也並沒有甚麼非發表不可的宏論卓見，更不想與人家爭偉大作品的榮譽。只是因為寫作似乎已成為我的生命之一部分，即使我自己不承認，但每當遇見一個久違了的朋友的時候，他會問，最近寫了些甚麼？我說，沒有，他就表示奇怪，為甚麼不寫？既然人家覺得我不寫甚麼是可奇怪的，於是我也只得承認我應該寫一點甚麼了。

　　這一些雜記，就是在這樣單純的動機之下開始寫的。因為沒有甚麼大企圖，所以它的內容也將是非常龐雜。在寫這段小引之

時，我自己也沒有知道它將有多少篇或多少字；我知道它在此刻開始，但不知道它將在何時結束。而事實上，它也將無所謂結束，因為它隨時可以結束的。或許我會在這裏發一點感慨，申說一點意見，但也可以在這裏講一個故事，錄一首詩。甚至，我想，抄錄一段別人的文章。它們也許會與抗戰有密切的關係，但也可以是無關係的 —— 如果說，現在哪裏有與抗戰無關的東西呢？那麼，再好也沒了，就算它還是有關係的吧。

但是為甚麼標題為薄鳧林呢？很簡單，因為住在薄扶林道上。薄扶林是現在的名稱，薄鳧林是香港開埠以前的古名。不用今名而用古名，倒並不是意在復古，我只是喜歡這個鳧字而已。曰薄鳧林，似乎還有點意可尋，若曰薄扶林，則我只能找出它是「Pookfulnm」的譯音，讓一個南海的古漁村，變成了一個紅毛字，我覺得非常可惜，故捨扶而用鳧。

二、抗戰氣質

抗戰氣質已經改變了 —— 至少是部分的 —— 我的氣質，這是到香港以後才發覺的，我慚愧沒有直接參加抗戰，但也更慚愧自己宣稱曾經間接地參加了抗戰，如一般情形和我相似而唯恐被趕出到抗戰圈子以外的人所表示的。我既相信了文章並不如從前所自謙的那樣無用 —— 雖然至今還相信文章救國，是一切救國行動中最渺小的，然而我連這一點渺小的功績也不曾建立。我也不敢

自誇從事於教育對於抗戰的貢獻有多大，即使曾運用了不少抗戰建國教材。所以，體質的地，我還沒有參加抗戰，即使是間接的。

但是我說體質的地。在另一方面，我的心靈確已被抗戰這偉業侵佔了。這侵佔似乎已經很長久，因為我的心靈已經很習慣於抗戰。當我在昆明的時候，我沒有能夠自己發現這個心靈上的勝利。我始終怨艾自己的不濟事，太隔離了抗戰。自以為頗有一股豪氣，很想跟蹤許多寫作同志們上前方去走走，然而我的豪氣始終只是存在於昆明的一股氣而已。一個文人的懦怯和顧慮絆住了我的腳。

我坦白地承認，與其說是抗戰，毋寧說是生活，使我在昆明耽了整個抗戰進行的時期。對於抗戰進行中的每一個節目，我都感到莫大的興奮。台兒莊大捷與武漢撤退對於我是一個同樣有力的刺激。去年雙十節的火炬大遊行，這一條狂熱的火龍，至今還蜿蜒在我的記憶裏一直伸展到穿心鼓樓旁邊，聚集成為一大球燎火。在郊外，當看見一個新的大建築的時候，我知道這又是一個有力的抗戰機構。我覺得莫名其妙的高興，儼如自己新置了產業一樣。當接連七八輛滿載的大卡車從滇緬公路上風塵僕僕地疾馳到潘家灣或黃土坡來的時候，我幾乎要替它們祝福平安的旅途。然而雖說如此，這一切似乎還不是與我不可分離的。恰如看戲的人，無論怎樣愛看，隨時可以走掉，唯有做戲的人，卻非等自己的腳色演畢不能下場。生活既然遂有促使我離去昆明的力量，可見我在昆明還不過是一個看戲的人。

現在到了香港了，安居下來之後，一天一天地覺得不自在起來。雖然在這裏抽紙煙吃魚都比昆明方便，可是當時所渴望而不可得者，現在既得之後，反而又覺得不甚珍異；非但不甚珍異，甚且有點厭膩，而對於昆明的生活，轉覺得大可懷戀，雖然明知道此刻的昆明比我離開它時更不易居了。於是，當我連戲也沒得看的時候，我開始發現我原來也曾自己演了戲來。而且是，似乎還沒有演完。

我的心靈已完全溶化在抗戰的氛圍中而不覺得，必須要當它孤獨無依的時候才如針芒觸背似地處處感到不快。現在，甚至對於米價暴漲時的愁慮，也彷彿認為一種樂趣。至今還留在昆明的人，也許會說這是我的矯情，我也沒有方法可以分辯，但願他們能了解我此時的心境就好了。

我把這種感情稱之為「抗戰氣質」，它使我明白我與抗戰到底還有一方面密切的關係。它使我明白留在昆明並不單是為了生活，而生活也到底不夠把我衷心的地從昆明送出來。因此我也希望未曾到過後方的青年應該去沾染一下這種氣質，而留在後方的人則不必放逐這種氣質。至於我自己，在既已發現了很深地承受着這個抗戰氣質之後，渴想能夠使它重又得到一點安慰。我並不懷念昆明，但懷念的，是昆明所代表的抗戰的內地。

《大風》六十九期，一九四〇年六月二十日

懷鄉小品

文 / 穆時英

Nostalgia

　　整個的屋子睡熟了，我獨自坐在窗前。

　　雖然是午夜三點鐘，山坡上還是閃爍着萬家燈火。寧靜的青空下，禱鐘和禱歌蕩漾着，蕩漾着。香港正在歌頌人類的贖罪羔羊，基督的誕生日。

　　從山頂松林裏吹下來的風溫煦而芳香，山溪盛開着的玫瑰殷紅得像大地搽了胭脂。夜是安謐而和平，我懷念着，懷念着我的生長地上海 —— 呵，母親上海！

　　兩年前，一個浸透了閒寂的陽光的四月的下午，我提着一隻皮箱，走上「紅伯爵」的甲板上去的時候，是只預備到香港去住兩星期，愉快的旅行心境。爽朗的海風吹着臉，吹着頭髮，吹着領帶，望着天邊飄逸的雲叢和遼遠的水平線，我的思想，我的情緒，我的靈魂全流向將展開在眼前的，新的城市，新的山水，新的人物和新的日子了。沒有離別的感傷，也沒有留戀和眷惜，把故鄉輕易地，像一隻空煙盒似地拋在後面。對着岸上揮動着的

手、帽子和手帕，我只是微笑着，微笑着，而我的笑是天真潔淨到像我的沒有被人生的困苦濡染過的眸子一樣；我沒有想到這兩星期的暫別，到現在竟會變成永訣。

寧靜的青空下，禱鐘和禱歌蕩漾着，蕩漾着。一九三七年又過去了；幾時才能回到你的懷抱裏邊來呢？——呵，母親上海！

二年的羈旅中，我時常在深夜裏被航出港外去的郵船的汽笛聲從夢中驚回來。於是，就默默地坐在窗邊，像今晚上一樣，推開窗，就可以看到在夜霧裏慢慢地駛出去的船，駛到故鄉去的船。煙囱上的煙顯得親切而安詳，汽笛的聲音，就像是上海的聲音，在召喚我回去。無可奈何地，聽着漫長的汽笛的聲音——悒鬱麼？感傷麼？連自己也不知道。

幾時才可以回到你的懷抱裏來呢？呵，母親上海！

在上海，我生活了二十五年：在那邊，有我呼吸過二十五年的空氣，有我走過二十五年的街道，有我睡過二十五年的牀鋪，有我住過二十五年的屋子……在那邊，埋葬着我的笑，我的太息，我的戀，我的飢餓，我的青春和我的窮困……在那邊的土地下，靜靜地躺着我的父親；在那邊的土地上生息着我的母親，弟弟和妹子，還有我的敵人，我的朋友。

寧靜的青空下，禱鐘和禱歌蕩漾着，蕩漾着。一九三七年又過去了——呵，母親上海！

現在是十二月，是皓皓白雪的季節，在這裏卻正開放着滿山

的鬱金香。東方的 Riviera 是一個漂亮的小島，它載滿了白石的建築物，詩，羅曼史，日光和花束，浮沉在亂飛着白鷗的南海裏。可是，還是懷念着上海，因為她是我的，是我的祖國的。我的血液裏流着她的血，我的肉體上刻着她的烙印：為着在她身上燃燒着的火焰我呻吟着，為着爆發在她身上的炸彈我震顫着——呵，母親上海！

窗外就是渺茫的大海，隔開我和我的故鄉的，渺茫的大海。在海的那一邊，也正在歌頌人類的贖罪羔羊，基督的誕生日吧？也許是在對着閘北的滿天火焰，為祖國的苦難而睜着抑鬱憎恨的眼睛吧？也許正像被懷鄉病壓壞了的我一樣，正在懷念着那些流散的子女，死亡的子女吧？

呵，母親上海，願你幸福！願你萬歲！在這寂靜的深夜裏，我為你祈祝，像為我的祖國祈祝一樣！

故人

我時常獨自坐在屋子裏邊，甚麼事也不做，只是默默地懷念着家鄉的人們。思索着他們的塌鼻子和高鼻子，他們的悲哀和他們的歡樂，於是高興地微笑起來。在我的記憶裏邊，他們老是那樣頑皮而親熱。家鄉的東西總是好的，連自己從前所憎恨的一些人和一些東西，在現在想起來，也總是帶着一點眷念的心情。

為着對於生活的焦慮，我變成神經質地急躁和不安，連寫一

穆時英

封長一點的信的耐心也沒有。雖然是那樣苦苦地思念着舊日和故人，家鄉的街道和家鄉的田園，可是來去的訊息卻是稀少得很。只有在深夜裏，在夢中，我才跑回我的故鄉去，向故鄉的人們訴說我的哀傷和我的想思。差不多有七個月，我每晚上做着同樣的夢，夢見我遺留在上海的一些書籍，我的臥室和我的朋友們；夢見我自己坐在書架旁的那隻心愛的舊沙發上，翻着約翰‧道斯‧派索斯的《一九一九》，一面那樣地想着：

「終於又可以像從前一樣地坐在這裏，像從前一樣地和他們談笑了。」

到後來，差不多時常很清楚地知道自己是在做夢，對於夢中所遇見的人們越加依戀起來，因為再過幾分鐘，夢就會悄悄地逝去，而醒後半枕明月、一牀鄉思的惆悵，我是明白的。那時我只是幻想着重聚的歡樂，只知道人生有別離，還不懂得珍惜故人的手跡，也沒有想到連一個字的音信都沒有的日子也會有的。

八一三抗戰開始，為了埋葬在流彈和一千磅的爆炸彈裏邊的上海，連夢也沒有了，日夜為故鄉的人們擔心着。

幾天以後，在香港的一條狹街上，意外地碰見了被荷蘭領事當作荷蘭人強迫撤退到蘇門答臘去的黑嬰君。我們擁抱着，跳躍着，大聲地笑着。一句話也沒有說，我流下感激的眼淚來了。

就站在街頭，他的話像機關槍的子彈似地，連續地放射起來。他告訴我，他是從船上逃下來的，預備明天動身到梅縣去省

視一下他的祖母，再轉香港回上海。他又告訴我這兩年來在我們的家鄉發生的種種事。從他的嘴裏，我知道許多人成了戰士，而許多人卻已經從塵世上抹去了他的影蹤。

那天晚上，在我家裏，我們對坐了一晚上。他答應我到了梅縣馬上就寫信給我，並且答應我過了中秋就出來。第二天他走了。他的船航進汕頭港的那天，日本的游擊艦隊正在轟擊汕頭市。日子一天天過去了，他沒有信來；中秋節過去了，沒有信來；雙十節也過去了，還是沒有信來。出去了的人就像消失的影子一樣，這使我感傷，使我對於在上海的朋友們的命運越加懸慮起來。

這五月來，很多人在香港經過，流散向四方，而走入內地去的多像是溶化在祖國的廣大的土地裏邊一樣，再也沒有消息。還有許多人依舊留在失去了的土地上，在忍受着飢餓、疾病和憤怒。

想起這些人們，我覺得難過，異樣地難過；我情願流盡我的血替他們換取幸福，換取和平的生活，換取像過去一樣的好日子。

家鄉的人們啊，願漢民族的精靈保護我們的祖國並保護你們——

一九三八年二月十一日

穆時英 （1912-1940）　中國現代小說家，新感覺派小說代表人物。作品有反映上流社會和下層社會的兩極對立的《南北極》及描寫光怪陸離的都市生活的《公墓》等。抗日戰爭爆發後赴香港，1939 年回滬，後被政治特工暗殺。

六國飯店

告士打道，華潤大廈對面。舊六國飯店已拆毀，重建為樓高三十層的六國酒店。

六國飯店的名字，緊緊和四十年代的中國文藝南方發展連在一起。

一九五三年的六國飯店（最高幢）

文藝的步履

—— 六國飯店懷舊

文 / 小思

　　望着重建的三十層高的六國酒店，我深深感到童年往事原來模糊卻又清晰。

　　究竟是甚麼年代了？應該是一九四三年之前後，我曾躲在八層高的六國飯店的大堂裏，避過盟軍飛機轟炸灣仔海上日本軍艦的炮火，這幢我心目中最高最宏偉的飯店，曾靠它的堅固保住我一條生命。以後的日子裏，路過的時候，我總愛抬起頭來仰望那高高的大柱，在海濱看它，四平八穩，很莊嚴，是標準的三十年代洋式建築風格。但，六國飯店裏面，有過甚麼活動，小孩子當然並不知道，一直要到我研究香港文藝活動，從舊資料裏，才發現許多莊嚴活動在那裏舉行過。六國飯店的名字，緊緊和四十年代的中國文藝南方發展連在一起。

　　說起來，早在三十年代，它的名字就不斷出現在著名的文化人筆下。因為抗日戰爭逃難到香港來，而經濟能力較好的人，多住在六國飯店。但大型的文藝活動，卻要到四十年代後半葉，才在它的

日治時期，飯店的左上部曾被炸毀。

大禮堂出現 —— 能坐二百多人的禮堂，在當時的香港也並不多。

著名的文藝界人士到飯店禮堂來，不是為了吃吃喝喝，而是為了國家民族的前途，為中國和平民主幸福而奮鬥。自一九四六年後，關心中國前途的文藝界人士大量南來，他們藉着無數紀念日的名堂，舉行集會，顯示他們對國家命運的關切，發出他們的怒吼與呼喚。

活動太多了，不能在這裏開列，我只舉出兩次規模最大的，讓我們追念當年風光。

讓我們回到一九四七年的六月二十三日下午兩點鐘。那天六國飯店門前的海上，正有龍船划過，龍船鼓響，敲動了愛國詩人的心，他們 —— 黃藥眠、司馬文森、周而復、陳殘雲、馮乃超、樓棲、蘆荻、黃寧嬰、周鋼鳴、李門、胡仲持……在禮堂裏紀念屈原，同時慶祝第七屆詩人節。在會中，他們更想起了被執政者逮捕了的詩人作家，當場發表了抗爭宣言，聽吧！以下是當年的聲音：

「在我們紀念偉大詩人屈原和第七屆詩人節的時候，我們對於屈原受了政治迫害而殉國，表示極大的追懷和同情，而對於我們同時代的詩人作家的被迫害，尤其表示極大的憤怒。對於詩人作家鄭伯奇、孟超、駱賓基……金克木……曾敏之幾位的橫遭逮捕及剝奪自由，我們表示尊嚴的意見……他們為了要求民主，為愛國，竟被逮捕下獄，對於政府這樣踐踏人權，摧殘文化的舉動，我們表示嚴重的抗議！我們要求把他們立即釋放。人權必須伸

張，民主必須勝利，我們願為被捕的同志之恢復自由而奮鬥，為中國之和平民主幸福而奮鬥，不達目的絕不休止！」

他們在那裏朗誦、歌唱，唱出人類永恆渴求的最強音。

路過六國飯店門前的人，遇見郭沫若、柳亞子、茅盾、胡愈之、鄧初民、翦伯贊、夏衍、顧仲彝、宋雲彬、瞿白音⋯⋯不必驚訝，因為他們正要出席中國戲劇大師歐陽予倩的六十大壽。一九四八年五月十六日晚上七點三十分，六國飯店大禮堂的座位都坐滿了人，還得臨時加幾圓桌新座。歐陽予倩從事戲劇工作四十年，文藝界藉這機會向他致敬，同時，向他們反對的執政者展示留港文化人的團結力量。郭沫若、茅盾在會中致詞，我們熟悉的盧敦也講了話。電影演員舒繡文朗誦了歐陽予倩的《六十自壽放歌》：

「⋯⋯五十年來何慘怛，浮沉磨折無自由！願為川上橋，願為渡口舟，彼岸風光和日麗⋯⋯」

中原、建國兩個歌劇社用歌聲表達了景仰之情。這是一次盛會，參加的人帶着團結的喜氣，步出六國飯店時，已是夜色闌珊了。

望着三十層的六國酒店，如今，它已經遠離海濱，前面是寬闊大道，高聳的大廈。它也改變了，門前十根高柱，彷彿似曾相識，但又很陌生。甚麼叫滄海桑田，六國飯店，蕩漾着這種韻味。

一九九〇年三月十二日

六國酒店現貌

六國飯店廣告（《香港工商日報》，一九三六年六月二十五日）

六國飯店　1933 年開幕，位於香港灣仔告士打道 72 號。創辦人為陳任國及其子陳符祥。日治時期，被徵作日軍俱樂部，改稱「千歲館」。1986 年重建成酒店及商廈。

文 / 小思

一九四七年，一羣南來詩人在香港發表了這個宣言，今天讀起來，似乎有點不合時宜。但，假如我們把視野擴大到世界，把關懷注入全人類，這宣言仍然具有時效。

「生活的本身就是詩」，只要懷有敏感的心靈，用細密的觀察，不難發現在我們身邊，佈滿無數悲壯的、優美的詩篇。

我們不一定能寫出一首好詩，但如果人人能具備詩人的心靈，用悲憫、體恤的情懷來接觸人世，我深信，這世界會美麗得多！

一九四七年詩人節宣言

文 / 黃藥眠等

六國飯店

列名在本文上的，是曾經致力過，或現在醉心於詩歌事業，也有已中止寫詩而新的工作仍不忘情於廣義的詩的幾個人。以這種種關係，在紀念偉大詩人屈原沉江殉國二千二百二十四週年祭的時候，對於當前飢餓、流血以及一切不公平的事實和詩的連結的問題，公開發表一個共同的意見。

我們認為：一切悲劇的發生，根源於最多數的生產者勞而無獲，最少數的浪費者坐享其成。最多數人的辛勞的果實被掠奪，受盡千辛萬苦，求生不得，被迫起而作自衛的反抗。而最少數人掌握着統治的極權，視奴役眾人為天賦權利，不惜採取高壓手段，以屠殺、放逐、監禁種種野蠻的行為，加之於勞動人民身上，甚至出賣祖國，出賣最多數人的勞動成果，以博取外力的援助，來延長它殘暴的統治。這是歷史的不幸，這飢餓的時代，血的時代，比起屈原的時代還要慘苦，更為黑暗。但又不同於屈原的時代。那百姓起來點燈，不准州官放火的信號上升了。這是悲劇時代裏的福音。由於最多數勞動人民愛國的

忠心，和戰鬥的神勇，已經取得勝利的保證。

　　無論在純粹的詩歌事業，或是廣義的詩的工作，我們自問是學習屈原，繼承他的優良的精神的。他生長在那襤褸陰濕的國土上，憂天下之憂，而行吟澤畔，顏色憔悴。我們以他的憂天下之心為我們的心。只是二千多年以前的屈原，沒法看見二千多年以後的事實，而我們已經聽見看見福音的實現，那未來在召喚我們。今天，我們有比屈原更慘的遭遇：被放逐、被侮蔑，行吟海濱，有國難投。但心神是爽朗的。在這方生未死之間，那勞動人民的戰鬥是一個英雄的榜樣，堅定我們抗死求生的決心。殺身死諫是對最少數人的忠貞，是絕路，唯有對最多數人的事業的獻身，才能絕處逢生。

　　這是大的震撼，大的澎湃的時代。屈原的詩章，教給我們以「生活的本身就是詩」的道理。我們的詩，必要記錄這大的震撼的主題，大的澎湃的音節，謳歌這巨大的前進的潮流。這潮流豈是暴力的鞭笞可以阻斷？

　　我們順着這潮流，跟着最多數人的步伐前進。我們是歸屬於這最多數裏的，那代表着光明、進步，和健康的最多數。

　　謹此宣言

　　黃藥眠、馮乃超、洪遒、呂劍、陳殘雲、黃寧嬰、胡明樹、蘆荻、金帆、許穉人、樓棲、符公望、懷湘、周鋼鳴、黃慶雲、

呂志澄、高天、華嘉、秦似、許戈陽、李揚

《華商報》，一九四七年六月二十三日

六國飯店

達德學院

青山新墟的中華基督教會何福堂書院內，現稱馬禮遜樓，即舊達德學院所在。

一羣有政治理想的文化人，
在青山腳下……
興辦了民主大學——達德學院……
共同在生活條件極簡陋的環境下，
追求知識和自我改造。

民主禮堂

文 / 小思

　　一個心情緊張的達德學院校友，乘着公共汽車沿青山公路進發，四十年來，香港、新界的面貌變得如此急劇，誰能想像母校舊址會變成怎樣？還能找到一些痕跡嗎？

　　「達德學院？沒聽過。」十來歲的小夥子正在學校的飯堂裏喝汽水，抬起頭看看滿臉風霜的陌生人。他當然不會知道陌生人早在四十年前就坐在這個地方——民主禮堂，接受一種香港教育史上罕見的教育——民主大學教育，聆聽過郭沫若、茅盾、柳亞子、翦伯贊、侯外廬、沈鈞儒的聲音，學習香港學生不易想像的「師生共同治校」生活。

　　青山新墟的確改變了不少，意外地，達德學院的建築物卻相當完整地保留了舊貌。那座綠琉璃瓦頂的校本部還在，作為女生宿舍的「紅樓」、「白宮」還在，當年學生在裏面討論不休的「民主禮堂」還在。改變的只是：現在不叫「達德學院」，本部變成小教堂，紅樓、白宮變成課室工作室，民主禮堂變了學生飯堂，學生聽的課是香港教育署制定的一套會考課程⋯⋯現在，它叫「何

達德學院舊貌，現稱馬禮遜樓

福堂書院」。

四十多年前，一羣有政治理想的文化人，在青山腳下，蔡廷鍇將軍借出來的別墅裏，興辦了民主大學——達德學院，收容了幾百來自不同地區的年輕人，共同在生活條件極簡陋的環境下，追求知識和自我改造。學院人才濟濟：政治系主任鄧初民、經濟系主任沈志遠、中文系主任黃藥眠，教員千家駒、劉思慕、薩空了、鍾敬文、胡繩、司馬文森、林林、樓棲、瞿白音、周鋼鳴……校長陳其瑗提出了「我們的民主教育一方面是反官僚、反獨裁的為人民服務的政治民主教育，另一方面是注重人民生活權利的經濟民主教育」作為教育方針。

四十多年前，這一羣有心人懷着滿腔熱誠，在努力鍛鍊自己，準備朝向一個美好的明天。但幾十年後，有人這樣感慨：「我們都走過了多少道路，經歷了多少滄桑！不少人滾了滿身泥漿，有的還被怒海的波濤所吞噬，許多長者已經撒手作古，後繼者有的還在逆流裏泅渡……」

香港年輕一輩，恐怕沒多少個知道，在青山灣畔，曾有過這樣的民主風采。

我看着何福堂書院的學生，快樂地在球場上奔跑，忽然，我想問：幾十年後，他們又會有些甚麼感慨？

一九九〇年六月

馬禮遜樓近貌（二〇一六年三月）

學院前的南洋杉見時代變遷

達德學院　1946 年成立，校址原為蔡廷鍇將軍位於青山屯門新墟附近的瀧江別墅（又稱芳園），蔡將軍借出供辦校，開展自由民主的大學教育。學院主要有商業經濟系、法政系及文哲系，另設會計及新聞專修科。優厚的師資吸引中國、港澳及海外學生就讀。1949 年 2 月 23 日，港英政府以「利用學校以達政治活動目的」為由，取消學院註冊，學院 3 月宣告結束。其後，校園轉售倫敦傳道會，現由中華基督教會香港區會擁有。2003 年主樓被列為香港法定古蹟。

民主禮堂原貌（正門門匾為李濟深題），圖片原刊《香港達德學院建校五十週年紀念》（北京：長城出版社，一九六六年），頁五十四。

原為女生宿舍的紅樓現貌，現稱何福堂會所。

　　我們今天談民主，談高等教育，談得真容易，可是實踐起來，能夠做得多少，檢視一下，應該心裏有數。

　　五十多年前，在中國要談也不容易，更遑論實踐了。就是有一輩具有理想的知識分子，來到這個英國殖民小島，尋得一個僅餘的空間 —— 這個空間雖然很狹窄、很短暫，但畢竟它存在過。這種民主教育、民主治校精神，正好反映了培育人才的所需。他們在香港那個時空嘗試過！

　　這個象徵着民主教育的建築物，至今還保留着，但未來命運怎樣，倒沒人可以算得準。最初如何跟香港地產商說民主談教育，真考心思。後來據說政府有《古物及古蹟條例》，該可運用，於是這塊土地，又受到政治改變的影響。這種種變數，彷彿隱喻着來路艱難。

論民主運動中的高等教育

文 / 黃藥眠

以整個世界的範圍看，從中國本身看，民主運動都正在生長着，發展着，泛濫着，不管受到怎樣的阻撓，怎樣的迫害，民主主義是必然要勝利的，這是歷史的趨勢，這是人民的要求，我們有着必勝的信念。就是根據着這個信念，我們創辦了一所民主主義的學院，雖然這個事業才是開始，正在艱難困苦中嘗試，但我們相信，這個事業是要成功的，反過來説，根據着民主主義的信念所創辦出來的學校，其主要的目的，也就是在推動民主運動，離開了這個目的，我們的學校也就失去了它的意義。

現在更具體的來説，我們這個學校，究竟想要造成功些甚麼人才呢？根據些甚麼精神來共同學習，共同工作，共同生活呢？我想至少要包括以下幾點：第一，我們是自由主義的，這就是説，我們並不首先抱定了一個甚麼主義，入主出奴，以自己的學説為是，盲目的排斥另外一種學説。不是的，我們對於一切的主義、學説都採取虛心研究的態度來互相比較，大家反覆辯難，務求得一個適合於我們中國人民需要的真理。我們相

信一切的真理都受得起生活的考驗的，所以我們願意經常的把學說上所研討得來的東西，不斷的拿到生活上去考驗，並從而得出一整個的理論的體系，確立我們的人生觀和世界觀。當然對於那些空空洞洞的理論，玄學上的遊戲，零零碎碎的經驗的知識，我們毫無所取的。

第二，我們在這裏研究，可說一切的物質的條件，都是人民供給我們的，因此我們無論在做人方面，在研究學問方面，都不能夠有一刻的忘記為人民服務。現在正是國家多難的時候，成千整萬的人民在祖國的土地上流亡轉徙，無量數的田園財產毀滅在內戰的炮火裏面，少數沒有良心的人，正揮起他的殘暴的鞭子，驅使千百萬人民走向痛苦的深淵。我們是中國人民的兒子，如果我們忘記了我們的祖國，忘記了這些在祖國裏面受着苦難的人民，那我們即使學得很多知識，也完全沒有意義。只有當我們能夠把我們的知識應用到為人民謀利益方面，我們的知識才不是死的知識，而是活的知識，發展着的知識，創造着的知識。

第三，近代的社會是個很複雜的社會，因此它需要着各種各樣的專門人才。不錯，從一般的說來，無論做甚麼事，都必須要政治上先有所改革，如果政治不改良，經濟日趨崩潰，那是甚麼問題都無從做起，不過反過來，如果說政治改革了以後，我們出來做事一切都有辦法，那又不見得。所以我們今天在學習的時

候，一方面要有一般社會科學的知識，明瞭政治動向，幫助人民從事於政治的改良和改革；但是另外一方面，我們決不能以空洞的一般理論自滿，而必須每個人都有他自己的專門所長、專門技術，以期將來能夠在各種部門中發揮更實際的作用。過去有些青年，徒然只知道一般的理論，而對於各種實際的知識、專門的技術則完全忽視。這種學習的作風也是為我們所不取的。

以上所舉的三點，我個人認為是目前民主主義的高等教育的最大方向，反過來說，我們也就是反對黨化教育，以一黨主義，反對君臨在人民的頭上，反對思想束縛，不從客觀的現實去考察，死抱着一些教條，背誦着囫圇吞棗的理論；反對官僚教育，把學校的行政人員和師長看成為官，而把學生看成為奴隸；反對特務教育，奉養一批少數的學生作為偵探，把大多數的學生看成囚犯，一言一行都受到偵察，稍一不慎，即有被人看成為「叛逆」之虞；我們反對書呆子的教育，整天抱着書本，只知道讀書，不知道為甚麼讀書、讀甚麼書、怎樣讀書和讀了這許多知識是為了甚麼；我們反對商品教育，先生教書和學生學習都不過是完成一種買賣；我們反對奴化教育，學生只知道跟着先生走而沒有自動自覺自學自治的精神。老實說，目前許多學校都是有着我上面所說的這個或那個毛病，但是，我們所反對的正是這些教育。

現在本校創立伊始，自然缺點還是不免，不過我們很希望全體師生，不問老少都能夠在民主主義的精神指導之下，共同學

習，共同研究，以建立新型的民主主義的教育，以加速自由民主的新中國實現。

《達德青年》，一九四七年一月一日

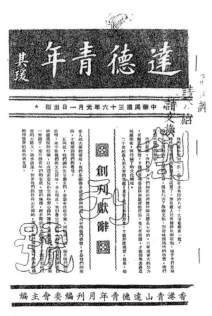

《達德青年》創刊號。
一九四七年一月一日出版。

黃藥眠 （1903-1987）　著名教育家、文藝理論家、美學家和作家，曾任北京師範大學中文系教授、博士研究生導師。1947 年，曾在港出版散文集《抒情小品》、論文集《論走私主義的哲學》等。

青山腳下的懷念

文 / 沈思

　　老香港可能還記得，三十多年前，香港有間達德學院，在海內外學子中有着崇高的聲譽。當時，大陸上和東南亞僑胞中學子跋涉千里前來求學的數量甚多。那時，全國還沒有完全解放，國內許多著名的學者、教授，因為在國民黨統治區待不下去，有些甚至被迫害和通緝，因而紛紛避難來港，到達德學院講學。筆者於一九四七年夏天，也慕達德之名而從上海千里奔波到香港，求學於達德學院。

　　學院設在九龍青山一個叫新墟的小鎮附近，離市區約有二十多英里之遙。記得我那時到港後，因為人地生疏，加上有行李鋪蓋，只得聽從別人的勸告，在碼頭附近叫了一輛的士，要司機開到青山去。我問司機：「青山遠不遠？」他說：「不遠，不遠。」哪知在車上足足坐了四五十分鐘，才到達學校。我問他要多少車費，他看了看駕駛盤旁邊的計程表，說：「三十二元。」這下把我嚇了一跳，要這麼多錢？！無奈，只好如數付給他，但已把我身邊的港紙去了一半。事後，老同學告訴我說，你上當了，這種

計程表是靠不住的。就這一次坐的士，用去了相當於我當時在學校的一個多月的伙食費。

在達德求學的那段日子裏，得到了不少有名的學者、教授的教誨，對我說來，是受益匪淺的，也是終身難忘的。那時，我們這些學子，渴望求得知識，心情是十分迫切的。只要上課的時間不衝突，總是想多聽一些課，以便得到更多的知識和力量。記得在聽課中，最使人折服的是講授歷史的翦伯贊教授。他講課時，教室裏擠得滿滿的，連門口也坐滿了同學。他講歷史，真是做到了深入淺出，旁徵博引，詼諧幽默，可是立論嚴明，無懈可擊。一堂課下來，他可以講得滿頭大汗，但還是精神抖擻。他講課很少看講義，但頭緒分明，脈絡清楚，緊緊扣住你的心弦，使你欲罷不能。所以同學們都說他不僅有真才實學，而且講課藝術也是第一流的。翦伯贊教授在「文革」時期，受林彪、「四人幫」的迫害，不幸含冤而死，使我國史學界失一大將，實屬惋惜。「四人幫」粉碎後，他終於得到平反昭雪。這是可告慰於死者的。經濟學家狄超白上課時則又是一種風格。他穿着一套半新不舊的西服，文質彬彬，風度翩翩，真是一個道道地地的學者。他上課從不帶講義，只帶兩支粉筆，有時偶爾帶張小紙片，上面寫的是講課提綱。上課時，他把當天要講的提綱寫在黑板上，然後講故事似地慢慢開始講來。他能把每堂經濟課講得引人入勝，牢牢地吸引住同學，大家一面聽一面記，教室裏只聽見沙沙的筆記聲。他

一堂課下來，不多不少，正好把要講的問題講完。同學們發現，記他的筆記沒有一句廢話，記下來就是一份十分完整的講義！大家都萬分敬佩他的記憶力。還有像鄧初民、黃藥眠、司馬文森等教授，同學們也都十分愛聽他們的課。

記得一九四八年的一天，是甚麼紀念日子記不起了，那天學校裏來了好多人。其中有郭沫若、茅盾夫婦、沈志遠、巴人（王任叔）、樓棲、莫乃羣、侯外廬、周鋼鳴、孫起孟、李伯球、鍾敬文、楊晦、馬特、張鐵生等知名的學者和教授。還有那個「四人幫」粉碎前做過外交部長的喬冠華，那時也穿着西裝，戴着玳瑁眼鏡，風度翩翩地出現在達德學院校園裏。後來他還來學校跟同學們講當時的國際問題。在上述的這些人士中，有些後來到達德任教。那天，同學們可樂了，大家搶着請他們簽名留念。我也把這些簽名珍藏了好多年，可惜文化大革命開始後，因為膽小，怕連累自己，只好偷偷燒毀，現在想想，真是一大憾事！文化大革命中，他們之中有些人吃足了苦頭，有的像翦伯贊一樣，被迫害而死，有的則已謝世。幸好粉碎了「四人幫」，大家又看到了祖國的光明前途，我想，他們一定會由衷地感激以華國鋒主席為首的黨中央的。

由於學校在青山腳下，因此，每天早晨和傍晚常常可見三三兩兩的學子在青山道上漫步，他們手上拿着書本，一面走，一面談笑着，使人覺得這裏的文化氣氛十分濃厚。附近的小鎮新墟，

鍾敬文、周鋼鳴、張瑞芳、鄭小箴、曹禺、鄭振鐸（左起）參加魯迅逝世十二週年紀念大會，於達德學院校門前合照。

也因為一下增加了數百名學子，市面有點熱鬧起來。幾家小飯店的生意也開始興隆了。記得我們這些學子有時想改善一下伙食，花一元港幣就可以在小飯店裏吃上較好的一菜一湯。在那些小飯店裏花上一毫錢，還可以在那裏沖涼。鎮上有幾個賣河粉的攤販，花一毫錢就能吃上一碗河粉。那時，他們的生意還挺不錯呢！最使我難忘的是，有一個星期天，我們十幾個學子，商量好一起爬登青山。青山這地方山明水秀，景色迷人。青山看起來不算高，但也有兩三百米。那一早，我們從山腳下的小鎮新墟後面開始往上爬登，到半山腰的綠陰覆蓋處，發現還隱藏着一座廟宇，經過一個小時左右的努力，終於攀登到了頂峰。大家高興得仰天大喊，我們勝利了！從山頂上往下看，只見一片藍藍的海水，遠處的香港市區隱隱約約地在眼前展現，真是一片大好風光！

　　在達德求學的日子裏，學子們的學習是十分刻苦的。那時，學校附近的幾座同學宿舍裏的燈光，經常深夜不滅，不少學子每天晚上總要自習到九、十點鐘以後。一到星期天，有些學子喜歡買書的就到香港的幾家進步的書店去走走，回來時總要帶上幾本，晚上就又在燈下閱讀起來。記得有一天筆者和一些同學在一位學者帶領下，去香港參觀過《華商報》，從此以後，引起筆者對新聞工作的興趣，也想不到這一生竟和報紙結上緣了，這在過去，是想都沒有想過的。

　　在老師們的薰陶、教誨下，這幾百個學子在不斷成長，他們嚮往光明，追求進步，他們刻苦頑強學習，以期將來能為祖國貢獻出自己一分應盡的力量。可惜的是，到了一九四八年的九月，當局以這個學校的存在，會妨害港九的治安為名，取消了它的註冊。就這樣，數百學子失學了。怎麼辦？許多學子就紛紛坐船北上到北平（當時還未改稱北京），有的繼續求學，有的參加工作。筆者也和一批學子一起，跟隨着楊晦教授夫婦，乘船離開香港北上，結束了這一段的學子生活。

《文匯報》，一九七九年四月二十七日

沈　思　筆名，生卒不詳。

社會價值及政治轉變

文 / 林中偉

　　二〇〇三年是香港歷史建築保育的重要分水嶺。二〇〇三年年初，香港爆發了沙士疫症，在短短數個月之間，二百九十九名市民及醫護人員染病身故，令全城恐慌，感到生命的脆弱。香港人開始反思生命的意義，對發展是硬道理的價值觀產生了質疑。以往的金錢價值，被生命價值所代替。新一代要求的生活質素，已轉化為對陽光空氣的訴求，他們希望能有好的居住環境，不要屏風樓，並要求人與人之間的關懷，社區網絡的保存。

　　在市區重建的項目中，往往是將原居民遷走，把數個低密度舊樓地塊合併，成為高密度住宅及大平台商場，導致遮天蔽日及空氣質素變差，社區網絡消失。人們恐怕低矮的歷史建築拆卸重建，只會換來密集的高樓大廈。環保、生活質素及社區網絡等因素與歷史建築保育開始掛鈎。另一個大轉變是政府種種的行政失當，導致市民開始不信賴政府，並以行動爭取自我權益，終於發生了七月一日的大遊行。這種心態的轉變，成為日後歷史建築保育行動的基礎。

何福堂馬禮遜樓

二〇〇三年有一個案例，反映了政治因素如何影響歷史建築保育的決定。位於新界屯門何福堂會所內的馬禮遜樓，建於一九三六年，樓高三層，有主樓及附屬樓；鋼筋混凝土結構，以上海批盪為外牆物料。馬禮遜樓以傳統中式綠色琉璃瓦作為部分主樓屋頂造型，屬中國文藝復興式建築風格，但在外牆混合了裝飾藝術風格的線條及幾何圖案。

馬禮遜樓原是抗日名將蔡廷鍇將軍（一八九二—一九六八）別墅的主樓，其餘建築包括紅樓、涼亭及泳池。在周恩來和董必武指導下，於一九四六年間，創辦了達德學院，該別墅曾被用作達德學院的校舍；主樓地下是辦公室、醫務室及圖書館，樓上是課室及院長辦公室。不少知名學者均曾到此居住和講學，例如何香凝、千家駒、茅盾、郭沫若及夏衍等。後來因政治原因，達德學院於一九四九年關閉。一九五二年別墅賣給倫敦傳道會，其後於一九六一年將業權移交香港中華基督教會，作為牧師及教徒退修之用。早於一九九七年十一月，已有發展商與業主達成協議，把地段重建為兩座新校舍及五座住宅大廈，一九九九年一月獲城規會批核，發展商隨即與地政總署磋商土地交換及補地價。二〇〇一年六月古蹟辦建議保留馬禮遜樓，發展商於二〇〇二年十月取消重建計劃。其後業主與另一發展商合作重建，政府得悉計劃之後，為免該建築物遭受破壞，便與業主磋商保育馬禮遜

樓，不過雙方未能達成協議。業主在二〇〇三年申請拆卸許可，政府隨即把馬禮遜樓宣佈為暫定古蹟，為期十二個月，故此，業主暫不能拆卸該建築。其後，政府更將該歷史建築列為古蹟，以作永久保護。這是政府第一次引用《古物及古蹟條例》，把私人擁有的建築物，在未經業主同意下，宣佈為古蹟。以往政府是不會以此作為武器，對私人擁有的歷史建築作出保育，以避免侵犯私有產權的。另外，在港英政府年代，根本就不會將與中國有關的歷史建築進行保育。九七香港回歸中國之後，很多與中國有關的建築及事件，才被陸續解禁。這是其中一個反映政治的改變，能影響歷史建築保育的例子。

《建築保育與本土文化》選段，二〇一五年七月出版

林中偉　建築師，古物諮詢委員會成員。曾參與包括雷生春、中環街市、虎豹別墅、永利街、上海街等保育項目。著有《建築保育與本土文化》及《山林之樂——摩星嶺公民村》。

達德學院大事志

整理 / 小思

一九四六

六月	在廣州，楊伯愷、黃藥眠、丘克輝、張香池等商議籌辦學院。
七月	楊伯愷、黃藥眠、丘克輝三人到港商議進行建校事宜，並得由美國返港的陳其瑗同意參與。
七～八月	丘克輝、黃藥眠、曾偉、楊伯愷組成籌備委員會。
九月	丘哲、陳汝棠、張文、李朗如、楊建平、黃精一、陳樹渠等二十人組成董事會，公議推舉陳其瑗為院長，並聘定教授。
九月	向香港政府申請註冊，並未獲得批准。
九月十四～廿六日	首次招生。
九月廿九日	首次入學試。
十月十日	宣告該學院成立。
十月二十日	正式上課。
十一月二十日	學生自治會成立。
十一月	何香凝到校演講。
十二月廿四日	師生舉行《新型民主大學的理論與實踐》討論會。

一九四七

一月一日	補行成立典禮。董事來賓八十餘人、員生二百餘人出席，香港政府亦派視學員參加。
	《達德青年》創刊號出版。
	召開全體學生臨時大會，決定致電抗議美軍強姦北大女生。
一月二～三日	在孔聖堂演出吳祖光《少年遊》，瞿白音、王逸導演。
一月三十日	員生舉行政協週年紀念大會。
一月	助學委員會成立。
二月	在大埔道香江中學開辦夜校。
三月八日	女生舉行「三八慶祝大會」。
三月十二日	舉行「孫中山先生逝世紀念大會」。
三月十三日	舉行「新舊員生聯歡大會」。
三月廿一～廿三日	「助學委員會」為協助清貧同學籌募經費，在孔聖堂公演于伶《女子公寓》。
三月廿五日	陳君葆到校演講，講題《高等教育問題》。
四月	文哲系新舊同學舉行「文化晚會」。
	「學生自治會」、「學術部」主編十日刊定期油印報出版。
五月～九月	因欠《達德青年》第二期，及報刊中又無消息，故欠缺資料。
十月	王任叔到校演講，報告印尼社會狀況及解放鬥爭現勢。
	師生捐款支持《華商報》。
十一月	喬木（喬冠華）兩次到校演講，講有關國際問題、大反攻問題及國內新形勢。
十二月十六日	舉行「應否『再來一次新協商』討論大會」。
十二月十八日	正式獲准註冊。
十二月廿一日	新聞系同學與「民治新聞專科學校」同學交流聯歡。

| 十二月三十日 | 除夕聯歡，郭沫若、茅盾、柳亞子、翦伯贊、侯外廬、沈鈞儒等參加。 |

一九四八

一月四日	假中央戲院放映蘇聯片《七百年前》。
一月	《達德青年》第三期出版。
二月十七日	舉行「董教學聯席大會」。
四月三日	郭沫若到校作一連四小時《中國文學史》專題演講。
五月二日	國文系招待留港作家茶話會。出席者：歐陽予倩、孟超、馮乃超、邵荃麟、周而復、林林、黃寧嬰、黃新波、瞿白音、力揚、黃谷柳。討論主題為《五四與文藝》。
五月四日	《達德青年》第四期出版。
五月	全校師生響應沈志遠號召，合力籌建大禮堂，稱「民主大禮堂」。
六月	《海燕文藝叢刊》第一輯出版。
七月四日	新聞系同學函約香港新聞界前輩到校訪問。
八月十五日	戲劇組與文藝創作組參觀永華電影製片廠。
八月二十日	首次全校演講比賽。
八月廿七日	暑假聯歡晚會。
八月	郭沫若、茅盾參加遊園會。
十月十日	學治會壁報《號角》創刊。
	舉行五慶大會：「雙十」、「校慶」、「祝壽」、「迎新送舊」、「學治會職員受職」。
十月十六日	新聞系同學參觀《文匯報》。
十月十七日	師生與「南方學院」等文化團體為鄧初民祝壽。

十月廿二日	舉行「魯迅先生逝世十二週年紀念會」，胡繩演講，講題為《魯迅先生為甚麼是中國知識分子改造的示範》。
十月廿五日	合作社改組。
十月三十日	茅盾到校演講，上午講題為《關於創作》，下午講題為《蘇聯新聞事業》。
十月卅一日	「海燕歌詠隊」到校訪問。
十一月	經費短缺，員生及董事會成立「籌募委員會」，籌設學校基金，目標為五萬港幣。
十二月四日	劉思慕帶領學生二十六人參觀《星島日報》。
十二月	陸詒帶領學生十餘人採訪「國貨展覽場」。
	舉辦《達德的一日》徵文比賽。
	國文系招待留港作家，舉行茶話會。出席者：楊晦、蔣天佐、陳敬容、臧克家、端木蕻良。

一九四九

一月一日	師生聯歡晚會，參加者連來賓約六百餘人。
一月五日	新聞系出版《達德新聞》。
一月三十日	《海燕文藝叢刊》、《關於創作》第二輯出版。
一月	《達德青年》第五期出版。
二月六日	葉聖陶到校訪問。
二月廿二日	行政局召開會議，會同港督取銷該校註冊資格。
二月廿三日	取銷令下達，即日生效。

今日做的事，明日的歷史

問：老師新加了一篇關於達德學院保育問題的文章，有特
別用意嗎？

小思：達德學院經歷了殖民地時代，再轉到回歸祖國的屬土
時代。原來要保留它的原址，曾經歷了無數的辛酸，
現今問題仍未解決。感謝林中偉詳細地紀錄了此過
程，讓我們知道。現在香港好像很重視古地古蹟的保
育，也落實了一些所謂「保育成功」的例子。但我們
不知道原來過程會經歷那麼多轉折。我想借文章提醒
將來從事保育工作的人，或我們作為觀眾的，去看那
些已受保育或應受保育的地點時，不妨在批評前思考
一下，很多事情不是我們想像的那麼簡單。

如今有些人一心一意想追蹤曾在某空間活動的人的生
命感。但其實地點保育之後，便會變成今時今地，今
人去這些地方時，該以甚麼態度去進入、了解和欣賞
呢？這是我最近最關心的事。假如只是到場趁熱鬧，
逛一會，購物、飲食、拍照，是否等於我們真真正正
進入這歷史空間呢？能進入曾經在此生活的人的生命

裏？知道他們曾經做過些甚麼事？這也是香港文學散步背後的另一重心意所在。臨舊地，不只是懷舊，而是理解在這地這空間這舞台曾經賜予一些人做過些甚麼事，今日我們在這空間裏又能做到些甚麼。

今日很多人不斷去追尋舊歷史，這當然重要，但我們不要忘記，今日在做的事，即今時今地今人，就是明日的歷史，所以今人要緊緊記着今日做過些甚麼事。

問：當某些舊地、舊建築都慢慢拆毀消失，文學散步能否去到實在地點，還重要嗎？

小思：第一，只要香港這個大概念的地仍然存在，我們仍然可以追尋她的歷史身世。第二，我們不是必須看到實體，這建築物、這條道路、這棵樹，才當作是「地」，「地」有時可以是抽象的。就如香港這片土地上曾經有過一些足跡，那些足跡可能會被抹殺掉，但有好的文字記錄，後人如有心去追查這些記錄，他們便可以看到前人的足跡、前人的心事。即使某些建築物不再存在，仍然可以在心靈上跟前人的心靈緊緊靠近。

問：文學的散步可以是精神上的散步，不單純是行腳的散步。

小思：對。不過當下切實的文字描述、各式媒體影像紀錄，也十分重要，因為那是明日的歷史。

後　記

從複調交響中散步

　　二十八年匆匆過去。暮春三月，我一再重讀黃繼持先生為《香港文學散步》初版寫的序〈行腳與傾聽 ── 小思《香港文學散步》引言〉，讀到最後他寫下「一九九一年春日，有霧」，彷彿自己今天也在濛濛迷霧中，執筆書成此後記。

　　自二〇一二年增訂版第四次印刷本脫銷後，商務印書館毛永波先生就跟我說要再版了。我認為自二〇〇四年新訂版、二〇〇七年增訂版的一再修訂，內容還有不少值得修改的地方。多說一句：「我想再修訂。」沒想到毛先生立刻說好，便派責任編輯蔡枏音來負責。從此我與她展開五年漫長的修訂工作。她除了執行實際編輯工序外，還要用許多時間陪我與攝影師鍾易理去散步、拍照。同我作「伴步者對話」。不斷跟我討論編排問題。要她多添工夫，實在抱歉，感謝她。

　　自從這本書出版後，引起一些研究者注意，提出疑問，令我重新查核，獲益匪淺。加上近三十年來陸續發現新資料，顯得補充訂正的重要，借句流行話說：「尚有改善空間」。「空間」表示可增加篇幅，故今回頁數增多，添加了文字圖片。

添加的文章，多因它提供了一種新的角度，讓今天的讀者多了思考路向，添了認識當年的香港社會面貌，從而今昔對比，以便鑑古知今。我選文用意多通過「伴步者對話」展示了。不過，解讀的方式，人有不同，各採所需，也因人而異。例如我讀了濟時寫的〈會晤魯迅先生後〉，覺得這個聽眾有點麻煩，問魯迅那麼多不是一時間能回答的問題。但因此惹出魯迅向他介紹北大同學近編刊的《新生》，這就令我好奇找來看看，才知道魯迅說「頗有價值」的含意。大家看了頁九十、九十一的書影，不知有無所悟。探秘的〈聽魯迅君演講後之感想〉提出魯迅的話「有意在言外之妙」，果真是心思敏銳，當年香港聽者有此水準，也非簡單。讀書遇上歷史公案，一時無法判辨是非，只有多閱同時期、同事件參與者的回憶，各種文獻紀錄，或許才見真貌，甚或仍難定案。我對這種情況，只好多列資料，讓讀者自己判斷。

　　加添了長文，如魯迅〈無聲的中國〉，是未經魯迅修改的文字紀錄。讀者讀畢，願意的話，不妨找已經修改的來細讀，箇中分別，頗堪玩味。如果你真以為魯迅主旨只為了反對古文，那你就不懂「有意在言外之妙」了。又例如許地山〈一年來的香港教育及其展望〉，讀者除了可以從中找到自己母校名字、一九三八年香港教育大體狀況外，只要不是快閃讀過，你一定得到更多知識、樂趣、啟示……怎會有那麼多 ×××××× 的？原來殖民地統治時代，所有刊行文字均要先送華民政務司署檢查，犯忌的字一律刪

去，當年沒有言論自由，此文抽檢已算很少了。香港大學始創之初，香港總督與兩廣總督同為創辦贊助人，中港一體，早有先例。最後一段，更宜咀嚼。有多少啓示、感受，只看讀者各自修行了。

〈附錄〉增添了各修訂版的序文和後記，好像有點多餘，可是各文足以表達我多次增訂的心事，一路行來，步跡可認。而先後兩位青年編輯的對談，讓我與她們一問一答中，考思更多。

這本書修訂多次，均不離開一種想法：歷史並不遙不可及，只要我們以今天為主體，追索以前的時間與空間，就會發現今昔的互動，甚或錯置，才驀然省悟黃繼持先生的〈引言〉中所說：「過往雖然成了歷史，卻通過人的肯認而呈現當前，且『投向』以成未來。過去現在未來，乃內化於人的心量與行為的弧線，而不再是冷漠的物理時間」。書中眾多的歷史囑託、文藝叮嚀，讀者感動與否，有無反省，那就要看用甚麼方式，與時空交會，証實自己身處其中了。

我今回主張把〈引言〉放在全書之首。是因為繼持兄筆下完全剖析了此書的精神用心所在。事隔二十八年，他說的話，仍語語中的有力，其中不少更具先驗導向。希望讀者能憑着他所說，在複調交響中散步，以求「抵消歷史的詭譎」，跨越自設的思維界線，擴展新的視野。

小　思

二〇一九年四月十五日

到必列者士街散步時，遇到一羣參觀博物館後的學生。

序

二〇〇七年版

歷史離得我們好遠？歷史好嚴肅好沉悶？

歷史是前輩走過的道路，我們正跟隨他們的步跡向前走：歷史不遠。

只要我們認知了他們的故事，發現他們的步履，就會產生感情。憑着情，我們着意吾土：吾土吾情。

散步，包括思想散步，感情散步。我們踏着前人步跡，跨越時空，走進現場，感受當年活的文化，感觸與吾土的關係，領悟一些鑑往知來的道理。

前輩，他們的名字，他們的行事，為我們熟悉的或不知道的，當年為了種種原因：政治意見分歧、逃避戰火、謀求生計、追求民主自由、尋找愛情……他們從祖國大地投身到這南方蕞爾小島，把精神注入過這片土的文化土壤。南來，成就了他們與吾土的一段因緣。

回眸細看，南來文化人到這片土來，就是暫且棲身，他們都各有嚮往，各有工作目標。他們不去別的地方，因為這片土既有

接近母國的方便，也具備了可用的自由空間，讓他們盡本分向祖國發聲發光。

　　回歸十年，這片土上，人們漸漸在意——在意追查歷史身世，在意保育歷史痕跡，在意關懷與祖國的血脈相連。我們應該珍惜這些前人足跡，珍惜香港特具的一些優點。

　　翻幾頁書，閒來走一段路，也許，在散步中，自能領受一番吾土情懷。再細讀黃繼持先生寫的〈行腳與傾聽〉，自然聽到殷殷的歷史叮嚀。

小　思

二〇〇七年五月十一日

序

歷 史 有 情 、 人 間 有 意

二〇〇四年版

很多人不知道香港歷史，又或許有些人忘記了。

自清末以來，原來不少著名的文化人，都曾踏足香港。他們可能只是路過，卻同時也散播着文學、文藝及文化的種籽。這些學者匆匆而來，匆匆而去，往往被歷史遺忘了，但這種遺忘，對他們、對香港來說，都很不公平。

我蒐集了很多資料，如果用嚴肅的、學術的方法來推廣，對年青一輩，未必適合，所以我採用了較輕鬆的處理手法，這就是「散步」。

「散步」包括了兩層含意，一是思想上的散步、知識上的散步；另一就是真的用雙腿去散步。一次在路上的散步，我覺得很有意思，也很重要，為甚麼呢？因為一種現場感，能強化同學對那些人或那件事的認知，更重要的是產生了感情。

我很強調「感情」！知識可以在書本中獲得，但知識是死的，人卻是活的、文化是活的、文學更加是活的，如果能夠讓同學，特別是年輕一輩在現場有所感受，有所感觸，再由自身去領悟一

些道理，我覺得這是非常重要的。在教學上，我也覺得文學散步是一個好嘗試。我們跟隨前人的步履，並不單只是為了懷舊，而是邁開大步，鑑古知今。我以為下一代該怎樣去承傳前人，然後開展自己的步伐，這才是文學散步的精神所在。

香港文學散步，讓青年人在現實場景裏跨越時空，進入作家的生命！進入他們的境界，從而對文學作品產生感情。

整個散步過程中，人們有所感、有所觸，再深入解讀作家的作品，然後再尋求了解某些作家生命的走向，這就是香港文學散步的意義。

小　思

（收錄於《香港文學散步》，二〇〇七年增訂版）

蔡元培篇
開明的教育家

問：「人」篇有沒有分先後次序？

小思：蔡元培應排在前頭，他在這幾個人中年紀最大，學術地位也最高，然後是許地山、魯迅等人，他們在我的認知裏，是中國現代文學史裏應排的次序。

問：我也認為蔡元培、魯迅和許地山除了文學上的貢獻外，他們對中國新文化運動及教育改革也付出過很多心血，他們改變了中國人對文學的看法，或以文學來改變中國人的一些看法。蔡元培的文章以實用性為主，寫作的目的是為了表達他的意見、政見，還有對改革的看法。

小思：正是，而蔡元培更大力推行美育教育的改革，因為他考慮到，推倒了孔孟的傳統後，要找甚麼來幫助中華民族重新建立價值觀，當時有人提倡共產主義，有人支持無政府主義，有些人如許地山則想借助宗教，而蔡元培則認為美育的人生是最重要的，如果我們內心有美感，就不會容忍惡劣的東西存在。

問：那你怎樣評價蔡元培在文學上的貢獻？

小思：我不會把蔡元培看成是一個文學家，他是教育家和哲學家。

問：我會稱他為「思想指導者」，和其他《香港文學散步》介紹的文學家有所不同，不過把他納入書中，我想也沒有人有異議。

小思：是的。在中國，竟然有一位校長鼓動學生上街反對權威，為國家爭取權益，後來學生被捕，他又親自去營救，我認為這很偉大。蔡元培的行為是其他關心教育的人的一種嚮往。

魯迅篇
神奇的香港和無知的香港人

問：一般人也不知道魯迅和香港的淵源呢！

小思：其實魯迅並不關心香港，只借香港的自由空間來向高壓的統治者發聲。他把香港作為活動舞台而已，不需要扎根在此。

問：他好像不太喜歡香港。

小思：魯迅在幾篇文章中也提到他極不喜歡香港，因為那是殖民地。

問：不過正因為香港殖民地的身份，魯迅才可以在這兒暢所欲言；但反過來說，如果有其他地方可達到同樣的宣傳效果，魯迅也許就不會來了。

小思：是的，不過確實沒有別的地方可以代替香港。

問： 香港真是一個有趣的地方，由魯迅的時代開始，就已既是顛覆，
又是愛國的基地。

小思： 正是！香港容許這種事發生。就正如特首選舉，民主派的梁家
傑雖然沒有希望當選，但仍可逼使對方一起「擺擂台」辯論，
這是內地仍未能做到的。回歸十年，香港這個空間仍能發揮作
用，不是很奇妙嗎？沒有人教香港人愛國，但血濃於水，即使
以前殖民地政府模糊了香港人的身世，不過我們總是知道了一
些，一旦內地有事發生，好像華東水災、希望工程等，香港人
還是會邊罵邊幫忙，從前如是，現在亦如是。香港人很難為外
地人所理解，不過香港是一個可愛的地方。

問： 不過魯迅來港演說，對香港人一點也沒有影響，簡直是一點漣漪
也沒有！

小思： 是的，當年魯迅的演講，在香港只有一兩張報紙報道，市民沒
有注意。現在年輕一代更「無知」了。

問： 「無知」是誰的責任？

小思： 香港沒有歷史感，以往殖民地政府不欲港人知道自己的身世及
與中國的淵源，但又不至於使用高壓手段來禁止。由於地緣的
關係，香港太接近中國，彼此有割不斷的血緣關係，所以當中
國有事發生，我們必須有所知，有所感。

許地山篇

追尋自我之旅

問：許地山是一個很「入世」的人，寫的文章很有社會性。

小思：不過他早期的作品則很能凸顯他的個性。許地山初寫作時，正巧是新文學運動，當時新詩、小說、散文還沒有正式的體裁格式，他就不停嘗試不同的表達方法，並把喜怒哀樂、愛情觀等都表露在作品中。及至他的第一任妻子去世，他才慢慢思考日後要走的路。

問：那他有找到「路」嗎？

小思：沒有，所以我覺得他很慘。如果說蔡元培希望以美學作為思想改革的工具，那許地山的就是希望以宗教。他曾經研究過不少宗教，他早期的作品也充滿着佛教和道教的思想，不過在一番尋覓後，他最終信奉了基督教。

問：為何你要把他加入《香港文學散步》中？

小思：在當時，有一位中國的文學家投身香港最高學府，又為抗日出力，是很難得的。許地山最初來港時，隔天便接受傳媒訪問，他很希望可以改革香港大學的中文系，不過後來卻發現在香港大學的英式官僚制度下，大志難伸，於是他便轉移視線到其他方面，例如發表對中小學教育改革的意見、出版兒童雜誌，甚至提倡改革中國的文字，做過很多工作。後來又支持抗日，他盡了一個中國人最大的努力，只要他能做的都做了。我曾編過

他的年表，發現他的工作日程每天都滿滿的，大都是社會工作而非學術活動。他是一個很天真的人，連自己也迷失了，最後更累死了。

問：許地山現在在內地有名嗎？

小思：現在內地的年青人，恐怕認識他的不多。

問：他也是香港的過客嗎？

小思：是的。如果他不是在港病逝，一定會返回內地吧！

戴望舒篇
妥協與生存

問：蔡元培和許地山雖在港逝世，但只可說是香港的過客，不過戴望舒則在港待了十年，真的有在這裏生活過。

小思：以戴望舒的性格，要是他真心喜歡一個地方，他一定會留下記錄的，不過他談香港的文章很少，只有一篇是談舊書市的，可見對香港沒甚麼感情，尤其是他是因戰亂被迫離開內地，無奈地留在香港，所以他不關心香港也不足為奇。與他有同樣遭遇的文人都在作品裏大嘆「月是故鄉圓」，因此不易投入香港的新生活。

問：戴望舒經歷家變和牢獄之災，想必對他有很大的影響。

小思：他被日軍逮捕並不意外，因為他是當時宣傳抗日的重要人物，但他也不至於有甚麼重大的影響力，所以後來獲釋了。他出獄後為了謀生，只好為一份日文報紙當編輯及撰文，因此有人說他曾「落過水」。不過我不認為他是漢奸，他只是靠寫作謀生而已，沒有去害人，也沒有為日本宣傳，甚至寫一些他不太熟悉、無關痛癢如解釋廣東俗話的文章。

問：生活艱難，只有妥協吧！戴望舒妥協了，心裏自然不好受。這些慘事如何影響他的寫作風格？

小思：他和以前判若兩人。以前他是「雨巷詩人」，現代派，坐牢後卻完全變了，變成寫實、愛國愛人民的詩人。內地的主流文學史都對他推崇備至，認為他這時期脫胎換骨。他的經歷當然很慘，不過對讀者來說，正因這樣才可看到他不同的一面。

問：我還是較喜歡他早期的詩作。

小思：我也是，不過他後期的詩作中有一兩首佳作，很能看到他澎湃的感情。我認為他也是個平常人，經過家變和牢獄之災後，改變了是正常的，更顯出個人的立體感。

問：我在看完戴望舒這一章後，很驚訝他的轉變，在了解他的生平後，更覺得他的一生很傳奇。

小思：遭逢世變，人會改變，我們必須理解。

蕭紅篇

性格悲劇

問：看完蕭紅這一章，真是百感交集。她是一個不可思議的人，很富
爭議性的人。

小思：一個出生在東北落後地方的女孩，十多歲便離家出走，後來又
遭男人拋棄，陷入絕境，再與東北男生同居，跑到老遠投靠完
全不認識的魯迅，在現在的道德標準看來也非常「大膽」，這
樣一號人物，很難有一統的評價。

問：可說是離經背道之極致。

小思：蕭紅這人物爭議性大是命定。她命苦，一生愛過不少男人，可
是他們都不是真的愛她，只有兩個年老的男性真心疼她，一個
是她在《呼蘭河傳》中提及的爺爺，一個是魯迅。魯迅非常疼
惜蕭紅，在她面前簡直是另一個樣子。

問：蕭紅性格的局限性造就了她的成就，也是她的悲劇。

小思：那是必然的，能寫出偉大作品的，性格一定要與別人不同。

問：在《當舖》一文中可見蕭軍對蕭紅並不是太好，可是蕭紅倒不覺
得怎樣，並不記恨，要愛便愛。

小思：蕭紅剛烈的性格，超越了很多現代女性。現在的女性看似超
前，其實軟弱無力。蕭紅卻把她生活的不如意變成寫作動力，
因此即使病重時仍能完成幾部作品。她在香港這個陌生的大城

市回想故鄉，多了一份悲情，也令她想到中華民族的悲哀，促使她完成《呼蘭河傳》這部巨著。蕭紅在這部作品中流露她對鄉土的關注。

孔聖堂篇
反「孔」人士的聖地

問：請問書中介紹的「地」是怎樣選出來呢？

小思：我不是去找地，我是去找人，人在哪裏活，在哪裏葬，我就到哪裏找。新文學運動的人為何要到孔聖堂演講、表演和聚集？反對孔子的人在尊孔的地方開會，我覺得十分弔詭。說起來，也有意思，孔聖堂是我第一份工作的所在地（按：小思曾在孔聖堂中學任教）。

問：可是我看完孔聖堂這一章後沒有太大的感覺。他們所說的話題都離我很遠。

小思：他們在那裏開會，是借香港的自由空間，宣揚民主，反對極權，細想起來，應該與我們今天的關注話題不遠。

問：那我們應懷着甚麼心情散步？

小思：香港是個特別的空間。紀念孔子的殿堂居然可以借出來讓反孔人士舉辦活動，就凸顯了香港是一個自由、沒有成見的地方，儘管受到殖民政府統治，仍有空間讓不同思想的人各有各做。

我們應善用香港這個優點繼續爭取實現我們的理想，這些理想關乎中華民族的幸福。香港一直是擔當這角色，由孫中山時代開始，一直沒有改變，光是這點，香港就值得我們珍惜了。

學士台篇

不分派別的文人討論空間

問：為甚麼香港大學沒有列入《香港文學散步》中？有很多名人曾在此教學或上課呀！反而在它旁邊的學士台入選了。

小思：香港大學是殖民地的典型英式老校，而且有強烈的階級制度，中國文化人與它沒有甚麼關係，跟本書其他內容不太配合。其實我也希望找到許地山的辦公室（現在的亞洲研究所），不過現在連他的桌子也沒有留下。《香港文學散步》的重點是要找一些仍然存在的地點，如果沒有實物留下，也就沒有甚麼好談了。正如有人叫我說說對灣仔的回憶，我還有甚麼可以告訴他們？我小時候，藍屋不是藍色的。現在只剩下灣仔街市、郵政局、洪聖爺廟，我看着一幢新的大廈，也說不出以前的事。沒有感覺，這不是我那一代的「集體回憶」。我強調要有人有地，能感動我的才可以放在書中。（按：小思是在灣仔長大的）

問：原來如此！言歸正傳，我覺得學士台這一章十分有趣，如果說港大是典型的殖民地學府，那學士台就是文化人聚集的拉丁區囉！

小思：是的，當時的文化人，天南地北甚麼也談，對不同的議題有

很多的討論。我認為這是良性討論，不是分裂，學士台可以容納任何意見，講者也不怕被「秋後算賬」。我們應珍惜這個自由空間。

六國飯店篇

天生命苦的香港？

問：六國飯店的功能好像孔聖堂，都是人們爭取民主的地方。

小思：是的。六國飯店也是灣仔人最熟悉的地方。二十世紀三四十年代，能給羣眾聚會的空間不多，除戲院外，這飯店的大堂也是個合適的所在。文化人不斷在此舉行集會，例如舉辦詩人節，也有借祝壽來爭取民主發聲 —— 向中國內地的統治者發聲。想不到幾十年後的今天，我們仍然同樣在爭取民主。看完《香港文學散步》後，就好像做了一場夢，真不知是可悲還是可笑。

問：香港是你的故鄉嗎？

小思：是的，我現在承認了。香港是個我不太理解，但又讓我汲取了很多養分的地方。我希望更多人能理解她，可以情深款款地看她一眼。由於研究的關係，我目睹香港走過怎樣的路，以前被母親拋棄，後來才拚命相認，有些土生土長的人也不愛她，你說香港是不是也有種悲劇性格？正因如此，我不得不更關心香港。孫中山也說過：「我的革命理念來自香港。」這句話意義重大，表示香港有一種自由的土壤。

問：我雖然明白，但仍感受不到你那種情懷。

小思：當然，你太幸福了，不知道香港是怎樣從一條艱辛的路走過來
的，你沒有看過香港滿街是貪官污吏的時代，你甚至對現在的
香港有很多不滿。我能理解你們，很多年青人也許會選擇離開
香港，因為有些事不能理解就不能理解，我們必須多認知香港
的身世，才可以漸漸理解，才可關愛她。不過，讀者看《香港
文學散步》不必想得那麼沉重，對書中介紹的有所認識即可。

達德學院篇
對民主治校的嚮往

問：《香港文學散步》所介紹的「景點」大都在香港島上，獨達德學院
（即現在的中華基督教會何福堂書院）遠在新界屯門。為甚麼你
要把它加入書中？你和此處有甚麼淵源嗎？

小思：沒有，達德學院是當年中國文化人嘗試實踐民主的地方。許多
路過香港的民主派文人都曾在達德學院演講，但這個地方前身
是蔡廷鍇將軍的別墅，他借出來給有民主理想的人辦學。他們
試行「民主治校」、「師生共同治校」這些理念。

問：這些人的理想達成了嗎？感覺好像烏托邦啊！

小思：他們是在試驗！我們不可以成敗論英雄嘛！一羣手無縛雞之力
的書生在「搞搞下」，也令港英政府嚇出一身冷汗。（我認為這
個「搞」字最能形容當時的情況。）

後　記

二〇〇七年版

　　自一九九一年《香港文學散步》初版出現後，這本小書就隱隱約約的存在 ── 在坊間不易找得到，因為早脫銷了，書店沒得賣，但卻偶然有些人提起。

　　一九九九年香港市政局公共圖書館按照書中所示，舉辦了首次文學散步。這次公眾活動，引起了一些人的注意。一年後，香港教育署校本課程組和我又設計了一次規模龐大的散步 ── 參加者多達二百四十人。儘管二百多人一起散步，顯得有點奇怪，但那是一次準備充分、安排縝密的教學實踐，工作人員與參加者的熱切反應，令我這個設計者十分感動。

　　經校本課程組的大力推動，使「香港文學散步」的理念，在學校裏流傳，剛好又配合了文化科的應用、本土認知的需要，商務印書館決定再版該書。

　　再版前，我小心翻閱一次，發現有些地方應該修訂，例如事隔多年，新尋得的材料、照片，都該收進去。以前採用的文章，未必適合今天讀者的理解，便試找更理想的來代替。為了說明我選文意圖，就增加了「選文思路」。一切改動，只盼這書更有效傳遞出人與地的關連，人與地的感情。

　　沒有想到過了三年，它又可以較新的設計，以新修訂版面世。

年輕編輯來跟我商量，要把書的形式改動一下，把內容擴展一些，讓書帶點時代氣息。我說好，你把想法告訴我吧。

　　她坦率地表示書中所載，對土生土長年輕一代來說，有些實在陌生，要投入，要生感觸，並不容易。我說好，我們就用對談方式，向讀者交代編選的方針、當年的社會背景、文化線索。

　　她說散步時，沿路往往會經過無數可遊可覽的景點——跟文學未必有關，但順道去逛逛，也可對社會多些了解，擴而言之，可稱文化散步。我說好，她就動手畫簡略地圖，標出景點照片，讀者拿着書，輕輕鬆鬆，大可順道一遊，或有另類收穫，反正，散步本來就該如此。

　　她說小說家筆下，以香港為背景的也不少，例如張愛玲、王安憶的作品，為甚麼不選些段落，提一提？我說，我的研究年限範圍，只在五十年代中葉以前。張愛玲在香港大學唸書時，還不是作家，她回到上海寫小說成名，她不是我的研究對象。王安憶曾以香港為她的小說背景，也不屬我的研究範圍。不過，香港風貌在她們描繪下，可能深入人心，也會吸引讀者去散散步。我說好，你就選上幾段吧！

　　《香港文學散步》改了新的面貌，仍滿載人地情緣，我盼望它能傳遞「歷史有情，人間有意」的訊息。

小　思

二〇〇七年五月十三日

二〇〇四年版

　　自一九九一年《香港文學散步》出版後，這本小書就隱隱約約的存在 —— 在坊間不容易找到，但卻又有些人提起。直到一九九九年市政局公共圖書館舉辦第三屆香港文學節，廖志強先生提出要依書所說辦一次「田野考察」，才正式向公眾露面。由於限於參加人數，許多感興趣的人都無法參與。又過一年多，香港教育署課程發展處校本課程（中學）組的謝陸兆平女士、黎耀庭先生、蔡若蓮女士設計了一個龐大的文學散步活動 —— 人數多達二百四十人，要我擔任導賞員。那是一次極有充分準備、十分細密安排的教學實踐。既印備參考資料，又讓工作人員事前路線預習。活動舉行時，更聘專業攝影隊沿途錄影。事後製成光碟，廣送各中學。這光碟內容包含了有關作家的補充資料、研究者的訪問、參加者的反應……，此外還印就教學用書。他們的認真態度，令我十分感動。

　　這一次光碟的派發，使「香港文學散步」的理念，在許多學校裏流傳。不少老師也嘗試依着路線所示，帶同學生親臨其地。於是他們希望買到《香港文學散步》這本書。商務印書館陳萬雄先生說書已脫銷了，應該再版。在再版前，我翻閱一次，發現有些地方值得修改，例如事隔多年，新近尋得的材料照片，可以補

充。以前所採用的文章，未必適合今天讀者理解，便試找更理想的。為了讓讀者明白我選文意圖，增加了「選文思路」。一切改動，只盼這書能更有效傳遞出人與地的關連，人與地的感情。

小　思
二〇〇四年四月十日完稿

問：蔡元培、魯迅、許地山、戴望舒、蕭紅都是真實存在的人物，香
港並不是他們的故鄉，但因為種種原因，他們都在香港這個南
方小島待過，其中三人更在這裏走完人生最後的一程，可惜他
們都沒有詳細記錄在港的感受，現在我們只得由他們的片言隻
語及其友人的文章一瞥他們當年在這裏的生活。有趣的是，很
多作家以香港為背景創作故事，主人翁在香港所思、所見、所
感透過文字流傳下來，我們對於張愛玲筆下的白流蘇、王安憶
筆下的老魏印象中的香港感覺實在多了。這些名作家筆下的香
港是一個怎樣的地方？

小思：一個地方會因為在小說作品中被提及而在讀者心中留痕。有很
多作家利用香港作為其作品的舞台，例如張愛玲的名作《傾城
之戀》便是以抗戰時的香港作為背景。

珍珠港那年的夏天，香港還是遠東的里維拉，尤其因為法國
的里維拉正在二次大戰中。港大放暑假，我常到淺水灣飯店
去看我母親，她在上海跟幾個牌友結伴同來香港小住，此後
分頭去新加坡、河內，有兩個留在香港，就此同居了。香港
陷落後，我每隔十天半月遠道步行去看她們，打聽有沒有船

到上海。他們倆本予我的印象並不深。寫《傾城之戀》的動機——至少大致是他們的故事——我想是因為他們是熟人之間受港戰影響最大的。有些得意的句子，如火線上的淺水灣飯店大廳像地毯掛着撲打灰塵，「拍拍打打」，至今也還記得寫到這裏的快感和滿足，雖然有許多情節已經早忘了。這些年了，還有人喜愛這篇小說，我實在感激。

（張愛玲，〈回顧傾城之戀〉，原載於一九八四年八月三日《明報》）

問：如此說來，《傾城之戀》裏有不少情節，譬如主角范柳原和白流蘇受戰火影響被困在淺水灣，要徒步走回市區等，也是張愛玲本人的所見所聞或朋友的經歷呢！

小思：對！很多人也是因為《傾城之戀》才認識淺水灣的。其實《傾城之戀》裏的「傾城」，不就是指香港嗎？故事中有這麼一段：

香港的陷落成全了她。但是在這不可理喻的世界裏，誰知道甚麼是因，甚麼是果？誰知道呢？也許就因為要成全她，一個大都市傾覆了。成千上萬的人死去，成千上萬的人痛苦着，跟着是驚天動地的大改革……

我們可以從小說中理解一個地方。張愛玲在《傾城之戀》中，對淺水灣有細膩的描寫，例如鳳凰木、海水的拍岸聲和那堵牆等。

……到了淺水灣，他攙着她下車，指着汽車道旁鬱鬱的叢林道：「你看那種樹，是南邊的特產。英國人叫它『野火花』。」流蘇道：「是紅的麼？」柳原道：「紅！」黑夜裏，她看不出

那紅色，然而她直覺地知道它是紅得不能再紅了，紅得不可收拾，一蓬蓬一蓬蓬的小花，窩在參天大樹上，壁栗剝落燃燒着，一路燒過去；把那紫藍的天也薰紅了。她仰着臉望上去。柳原道：「廣東人叫它『影樹』。你看這葉子。」葉子像鳳尾草，一陣風過，那輕纖的黑色剪影零零落落顫動着，耳邊恍惚聽見一串小小的音符，不成腔，像簷前鐵馬的叮噹。

問：現在還可在淺水灣看到鳳凰木呢！

小思：還有蚊子！大家可以像主角二人到淺水灣看海、互拍蚊子，這可是一個相當難忘的場景呢！

他們並排坐在沙上，可是一個面朝東，一個面朝西。流蘇嚷有蚊子。柳原道：「不是蚊子，是一種小蟲，叫沙蠅。咬一口，就是一個小紅點，像硃砂痣。」流蘇又道：「這太陽真受不了。」柳原道：「稍微曬一會兒，我們可以到涼棚底下去。我在那邊租了一個棚。」那口渴的太陽汨汨地吸着海水，漱着，吐着，嘩嘩的響。人身上的水分全給它喝乾了，人成了金色的枯葉子，輕飄飄的。流蘇漸漸感到那奇異的眩暈與愉快，但是她忍不住又叫了起來：「蚊子咬！」她扭過頭去，一巴掌打在她裸露的背脊上。柳原笑道：「這樣好吃力。我來替你打罷，你來替我打。」流蘇果然留心着，照準他臂上打去，叫道：「哎呀，讓它跑了！」柳原也替她留心着。兩人劈劈啪啪打着，笑成一片。

至於王安憶的《香港情與愛》的舞台也在香港，雖然這不是王

安憶最出色的作品。描述在台灣還沒有解嚴、兩岸互不交往的時候，台商老魏和內地移民逢佳在香港的「愛情故事」。正如王安憶在書中提到：

香港的熱戀還是帶有私通性質的，約會也是幽會，在天涯海角，是一個大豔情。

香港是一個相當「妙」的地方，左派人可來謀生，右派也可來做生意。男女主角各懷鬼胎，各有需要，男的想在香港經商時有個溫柔鄉，女的想敲一筆錢，藉男人的力量移民外國。誰也沒有把香港當成真正的家。

假如說一個人除了有一個長久的家以外，再要有一個臨時的家，那麼香港就是老魏的家。

問： 香港有不少地方都曾在《香港情與愛》出現，例如九龍的麗晶大酒店（現在的洲際酒店）、灣仔的合和中心、北角的舊樓、海底隧道等，比《傾城之戀》更生活化。不過，在兩個主角的心中，香港既熱鬧，又是寂寞的，他們只有互相依偎，才能把空虛的感覺除去，可惜香港只能為他們提供一個在肉體和官能上交流的平台，而不是真正的心靈交往。

香港的夜真是沒法說，它的天空是最黑最深的那種，它的海水也是最黑最深的那種，可燈光卻是這樣，這樣的噴薄而起，真像是一個傳奇，而逢佳是傳奇裏的一點真實。
……

香港的節日是綵排過的節日，而且是一年一度甚至一年幾度的綵排，這裏有一種虛擬的熱鬧，是有摹本的熱鬧，而不是想像力的虛擬。這是虛中有虛、假中有假，人都是個虛人，也都是個假人。

小思： 兩個主角來到這個不熟悉的環境，男人不放心女人，怕她找便宜，卻又處處要向女人炫耀，盡帶她到一些高檔的地方約會，不過要過同居生活時卻只在北角這個平民之地買樓；而女人則一心為財，有錢就有愛。只有香港才能發生這種「實際」的愛情。

問： 可不是！

小思： 總的來說，《傾城之戀》和《香港情與愛》兩個故事，看似浪漫，但卻充滿勾心鬥角，男女相鬥，幸好香港不是一個會害死人的地方，所以結局時大家都能各取所需，各得所求。

問： 不過是否快樂就不得而知了。

香港文學散步

訪問盧瑋鑾教授

沈舒按：盧瑋鑾教授是香港文學散步的倡導者，除著書立說外，還親身帶領教師、學生及公眾人士重訪昔日文人走過的路。經過二十年的努力，香港文學散步已經成為文化教育界推動文學閱讀風氣的方法。本訪問稿經盧瑋鑾教授審閱定稿。

日期：二〇一二年三月二十二日 (星期四)
時間：下午三時正至四時三十分
地點：香港中央圖書館 913 號研討室
受訪者：盧瑋鑾教授 (盧)，《香港文學散步》編著者
訪問、撰文：沈舒 (沈)，大學圖書館人員

沈：今天很高興盧老師接受訪問，談談香港文學散步這課題。盧老師何時認識「文學散步」的觀念？

盧：這個觀念來自日本。日本人很喜歡散步，無論是風景優美的地方，還是尋常的大街小巷，都是他們散步的地方。他們亦稱散步為「散策」。一般來說，「散策」帶有旅行的意思。日本文人喜歡散步的例子很多，例如日本詩聖芭蕉翁 (原名松尾芭蕉，1644-1694)，他喜歡一邊散步一邊作俳句。現在，日本人都喜歡跟着他的俳句，到其中描寫過的地方散步。

六十年代中，我第一次到日本，發現在旅行社、火車站，以及其他交通樞紐都有「散策」、「文學散步」的廣告，譬如在伊豆就有「伊豆舞孃文學散步」這類廣告。我想了解這是怎麼一

回事，於是參加了「伊豆舞孃文學散步」。原來，主辦者假設參加者都很熟悉《伊豆舞孃》這小說，想跟隨川端康成描寫的路徑，走一遍故事中的現實場景，例如小說的男主角怎樣在小徑初次遇見舞孃。由於導遊十分熟悉這本小說，知道作品的要點，懂得在適當的地方營造文學氣氛，譬如詳細描述男主角邂逅舞孃時的心情，讓參加者仿如進入了小說之中，因此，參加者有「親歷其境」的感覺。這個「境」，亦即景，能夠生「情」，而這種「情」來自理解、來自投入。散步中，這種情景交融的感覺非常重要。雖然我自小愛好文學，但從未試過在香港散步時有這種感受。

一九七三年，我到日本留學，目的是到京都大學人文科學研究所，跟隨平岡武夫老師進修。但，我申請入境手續時出了錯漏，遲了半年才入學，剛巧平岡老師又提早半年退休，我變得非常「自由」，只好利用留日的一年時間，以自修形式，讀些京都大學圖書館的珍藏。由於館藏最著名的有許多唐宋人筆記，而平岡武夫老師最重要的研究是唐代都城人文歷史，我沿着此步跡，想從唐人筆記中，了解正史中沒有提到的唐人生活，於是隨意翻閱一些珍貴唐人筆記，摘錄自覺有趣的片段，當時沒有甚麼應用目的，但也真的增廣知識。又因我很喜歡川端康成的作品，尤其喜歡《古都》，於是我按照書中描寫的京都四季風貌，每季依書中主角所到地景走一遍，的的確確明白「親歷其境」的現場真切感，我在京都生活一年，這使我更深地進入川端康成的文學世界。

沈：盧老師何時開始有「香港文學散步」的想法？

盧：從日本回港後，我繼續教書，但心裏一直想：日本人熱愛文學散步的現象，是否可以在香港出現呢？這段日子，我的研究工作，是收集香港文學材料，特別是南來文人在香港的足跡，他們曾經到過、住過的地方，最後逝世和殯葬之地。因為研究的關係，我往往要親身跑到他們足跡所到之處，包括遠至屯門的達德書院。另外，我最初並不知道許地山先生墳墓的位置。一九七八年認識了許地山太太周俟松女士，她託我去看看許地山先生的墳墓；當我找到他的墳墓時，發覺地基陷落，碑石字跡模糊，破爛不堪，不禁想到其他作家的墳墓是否如此。後來，跟葛浩文先生見面，他說想到瑪麗醫院找蕭紅的病歷檔案。我當時想，外國學者對這些南來作家的研究如此熱心認真，我是否要更加努力利用在本地之方便，去了解這些作家的過去呢？於是，由八十年代初開始，我按掌握的文字資料，四處尋找曾逗留香港的作家足跡。因為研究的需要，以及日本人對散步的熱愛，我的實際經驗和感覺，我漸漸萌生一個想法：我尋訪南來作家的足跡時感受甚深，其他人會有相同的感受嗎？於是，我開始跟朋友講述這些想法。

沈：所以，盧老師由八十年代中開始撰寫一系列文章，介紹南來作家在香港的足跡。

盧：這些文章是許迪鏘邀請我寫的，在他編的《星島日報‧星橋》副刊發表。我答應他把這些事跡寫出來，希望讓更多人知道這些歷史足跡。當我一篇一篇發表後，坊間對這些文章開始有反

應，包括當時在香港圖書館負責香港文學節的廖志強先生。他看到文章後，請我帶着參加者重訪這些作家的足跡。當市政局向外公佈這項活動時，很快就額滿了，參加人數約五十人。由於缺乏經驗，這次散步無論在籌備、組織和成效上都未算理想。

沈：盧老師可否談談一九九一年《香港文學散步》的出版緣起？

盧：舉辦過第一次香港文學散步後，有參加者希望了解作家的作品和心路歷程，從而進入作家的生命。於是，我開始有出書的念頭。後來，我與商務印書館談起此事，他們很爽快就答應出版了。當時，我對「文學散步」的概念仍然不大清晰，到底要怎樣做，也不大清楚。我構思每一位作家的文章時，認為若只有我寫的導讀文章，實在太單薄了。於是，我從手邊的材料開始，尋找其他作家寫過這些作家或地景的作品，合為一輯。我蒐集資料的方法是網狀式的，較為完整。譬如周策縱先生和余光中先生當年到蔡元培先生墓之後所寫的作品，我見到後即收入檔案內，雖然我當時不知道甚麼時候會用這條材料，但日後有需要時就可以用來參考。其實，我所有著作都是先積累材料，然後才準備出書，而不是因為出書才去找材料的。這是我從事研究和出書的習慣。《香港文學散步》於一九九一年出版後，頗受讀者歡迎，銷路不錯，多次再版。

沈：請盧老師談談邀請黃繼持教授撰序的原因和經過。

盧：我與黃繼持先生是老朋友，在學術和研究的態度上十分合拍。如果沒有黃繼持先生，我很難想像我可以在現代文學的研究跨

進如此大步。他是我的良師益友，最能夠理解我的作品和研究態度。儘管我們有些見解和立場不同，但無礙我們的友誼，特別是學術上的交誼。因此，當我出版《香港文學散步》時，我立即找他寫序，不作他想。他一口答應，亦不用我多加解釋。他在序言中深刻地提示了一些想法，令人有進一步思考的空間，影響很大。

沈：從內容上而言，《香港文學散步》分為〈上篇：憶故人〉和〈下篇：臨舊地〉兩大部分，為甚麼有這個構思？

盧：其實，這個構思是編輯關秀瓊女士提出來的。她從來沒有解釋過這個構思，但我覺得她這樣劃分篇章很好，可以適應香港讀者的閱讀習慣 —— 不喜歡讀太長的篇幅和文字。讀者可以從這上、下兩篇中，挑選自己喜歡的作家或感興趣的地方來閱讀。我始終相信，一本書是否成功，作者固然重要，但編輯同樣重要。

沈：為甚麼《香港文學散步》只收入南來作家，而沒有香港作家？

盧：我寫這些作家的文章是上世紀八十年代中，仍在不斷蒐集資料的階段。因此，我在書中只能選收一些大家熟悉的作家，特別是在現代文學史中有地位、有名氣的作家。而且，我手上的材料以這幾位作家在香港的活動最為齊備，自然取易捨難。

沈：但書名會否令人誤會呢？

盧：所以，我有些後悔採用這個書名。如果現在可以改書名的話，

一九九一年初版

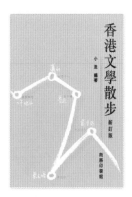

二〇〇四年新訂版

二〇〇七年增訂版

二〇〇五年日文版
（九州大學大學院比較社
會文化學府國際言語文化
講座）

二〇一五年簡體版
（上海譯文出版社）

我會用《香港文化散步》或《香港，文學散步》，包含面就可以廣一些。我當時的想法是：我從事的研究是香港這個範圍裏的文學活動情況，所以我界定的香港文學，與現在一般的定義略有不同，但我沒有在書中解釋這個想法。如果說，這本書是講述在香港的文學散步，我相信亦勉強說得過去，因為書裏面的確包含了不少在香港能夠看到的文學地景。又例如我捐給香港中文大學圖書館的檔案，我當時名為「香港文學檔案」，應該稱為「香港文化檔案」更為恰當。因為，「香港文學」一詞牽涉到很多複雜的問題：哪些作家才是香港的作家？哪些作品才算香港的文學？所以，當我用「香港文學」這個詞彙時，並不是專指狹義的、地域色彩濃厚的文學作品，而是包含廣義的、對香港的文學產生過影響的作品。一直以來，我不斷在腦海裏反覆思量研究的名稱與範圍。我很清楚我現在的想法與以前的不盡相同，我現在關心的、談論的，已經不再是純粹的香港文學，而是更寬廣的香港文化。我從來沒有對外解釋過我這種學思的歷程和轉折，你今次讓我稍作說明，相信讀者會更加明白我的想法。

沈：「香港文學散步」這個說法由一九九一年正式提出至今，已經沿用了二十多年。盧老師的說明有助理解「香港文學散步」這個觀念的內涵和外延，相信可以消除一些望文生義的誤解，亦可以省卻日後不必要的討論。

盧：我只期望：「但開風氣不為師。」我相信只要開了頭，後來者自然會把這條路走得更平、更闊。

沈：《香港文學散步》於一九九一年出版後，坊間有些文章談論這本
書。這本書的流通情況如何？

盧：香港人讀書的習慣比較特別，看完了一本書就算，絕少寫文章
來討論。雖然一九九一年版《香港文學散步》的銷量不俗，賣
了很多版，我也不會期望坊間會有很多反應。我時常希望看到
批評這本書的文章，但仍未看到有這些文章。

沈：請盧老師談談二○○一年「香港文學散步」的緣起。

盧：退休前幾年，我的思維特別活躍，嘗試了很多不同的授課方
式。我試過帶學生到草地，上創作課。我在中大時，一直有一
個心願，就是開香港文學的課，因為我從來沒有教過這門課。
不過，中大開一門新課的要求很嚴格，要經過小組委員會審
批。二○○一年，我快將退休，希望在離開教學崗位前播一些
種子，試驗一下我的想法是否有效。於是，我在教學生涯最後
一年，在下學期設計了「香港文學散步」這門課，希望學生親
臨其地，能接應作家的心靈。我原本以為只會帶二三十人去散
步，怎料開課的消息公佈後，修這門課的學生很快已超過一百
人。在這個情況下，我要想辦法解決一百多人散步的安排。
一百多人去散步？簡直沒可能。但我十分幸運，剛巧與教育署
課程發展組的黎耀庭先生和同事談起此事，他們很熱心，幾乎
每星期來上課，而且願意與中文系合辦一次大型的文學散步。
教育署同事的組織能力很強，處理行政工作純熟（如旅遊車安
排、申請進入墓園手續等），資源亦足，完全解決了安排散步
的困難。正式散步前，我們還安排了一次預習，讓大家熟悉散

步的路線。還有，當年修我課的學生及研究生、助教都很好，義無反顧地協助我安排這次活動。參與期間，他們那種高漲的情緒，是我從來沒有見過的。在天時、地利、人和的情況下，我們順利完成這次大型的「香港文學散步」。我相信，這件事是無法憑我一己之力能夠完成的。

沈：我有參加這次散步，參加者共二百多人。

盧：對。除了中大中文系百多位學生外，其餘百多人主要是中學教師，亦有少部分教師帶來的學生。散步後，教育署出版《文藝留蹤尋找溫馨印記》時，分別編有供老師用的《教師手冊》和供學生用的《學習手冊》及光碟。教育署的同事有一個很清晰的理念，就是這次散步是為教學而設的。

沈：盧老師一九九一年出版《香港文學散步》時，似乎是從欣賞文學作品、文學地景的角度來構思這本書。到了二〇〇一年，在中大設「香港文學散步」這門課，與教育署合辦大型的「香港文學散步」及出版《文藝留蹤尋找溫馨印記》，很清楚看到盧老師有意將「香港文學散步」從文學欣賞的方法擴展為文學教育的方法。

盧：對，當我在中大設計「香港文學散步」這門課時已經有這種想法。正如我剛才所說，我在退休前開這門課，正是希望透過文學教育的方法把這些經驗的種子散播出去。我認為「香港文學散步」最重要的元素，就是要緊扣地緣和文學之間的關係，也是這門課最主要的教學理念。我這種想法與教育署當時向中學

推廣的教學法不謀而合，所以他們積極籌辦這項活動。

沈：教育署舉辦過散步後，還製作了光碟。請問光碟的流通情況
　　如何？

盧：其實，他們出版的光碟的影響，比我帶一次散步更重要。我聽
　　說有些教師因為拿不到教育署的光碟，就自行複製。現在幾乎
　　每所學校都有這片光碟。

沈：籌辦「香港文學散步」期間，盧老師還拍攝香港無線電視的《情
　　常在》特輯，請盧老師談談當年拍攝這個節目的緣起和經過。

盧：退休前兩年，單慧珠導演忽然找我，希望我拍攝《情常在》特
　　輯。這個特輯除了我以外，還有音樂家俞麗拿、探險家李樂詩、
　　畫家阿虫幾位。他們的特輯有音樂、有風景、有圖畫，動感豐
　　富。坦白說，我不知道誰叫單慧珠找我，而且我只是一位平凡
　　的教師，沒有甚麼可以拍，我即時拒絕她。不過，單慧珠對我
　　的作品瞭如指掌，她認真的態度着實感動了我。而且，我一直
　　關心香港中小學教育，但當時的教育改革令人憂慮，我願意以
　　過來人的身分，為中小學教師發聲，我相信這比他們現身說法
　　方便得多。於是，我答應單慧珠拍攝《情常在》，但我有一個
　　要求，就是她不可以在剪接時，剪掉一些我想說的話。她答應
　　了我的要求，但一拍就拍了兩年，有時甚至由早上拍到晚上。
　　那時候，我仍要教書，實在相當吃力。當她知道我和教育署合
　　辦文學散步，就極力爭取拍攝這次活動，讓《情常在》更有動
　　感，即現在大家在這個節目中看到的片段。後來，翡翠台和明

珠台各播了《情常在》系列兩次，而且罕有地在短時間內重播。

沈： 二〇〇二年，無線播出《情常在》系列後，其中《情常在之盧瑋鑾（小思）》拿了「二〇〇二年度電視欣賞指數調查最佳節目」的「評審團大獎」，說明了大家的努力得到認同。後來，無線還出版了《情常在・小思》光碟，請問當時的流通情況如何？

盧： 我聽說銷得很好，但不清楚具體的銷售數字。據說，這是無線製作紀錄片光碟以來，銷售量最高的節目。話雖如此，我相信文學散步對普羅大眾的影響不大，因為他們對許地山、戴望舒等作家所知不多；不過，對學生來說，文學散步可能會有些作用，因為他們從課本中已經認識這些作家。

沈： 二〇〇四年，《香港文學散步》出了新訂版。盧老師在〈後記〉中提到一九九一年版已經脫銷了，可否談談當時的情況？

盧： 舉辦過文學散步後，很多教師都希望買一九九一年版《香港文學散步》作為參考，但市面上已經找不到這本書。於是，商務印書館與我商量後，大家同意重新刊印這本書。我想利用這次機會略作修訂，與編輯商量時，提議繪製一張地圖，讓讀者可以按圖索驥，尤其是對香港不熟悉的朋友就特別合用。另外，我增加了「延伸閱讀」的部分，列出可供參考的著作，希望增加讀者對這些作家認知的層次。此外，我也補充了一些新照片，部分是我親自拍攝的。新訂版出版時，適逢內地的文化人較以前容易來港，他們都希望到有特色的文化景點參觀。早在八十年代，王瑤先生來港時，就曾經表示希望到淺水灣看看。

近年我知道有許多作家、學者來港時，都會尋訪香港這些文學地景，所以這本書的銷路不俗。

沈：新訂版與初版在內容上有些分別，包括由盧老師撰寫的〈序‧歷史有情、人間有意〉、〈選文思路〉、〈後記〉等內容，背後有甚麼原因呢？

盧：出新訂版的時候，我對推廣文學散步已經有實際的經驗，包括在大學教授這門課，又舉辦過大型的文學散步。這些實踐加強了我的信念，那就是向更廣泛的羣眾推廣這項活動。文學散步關係到地方的因緣，以及這個地方的身世，可以讓羣眾更多地認識香港，更愛香港。所以，新訂版《香港文學散步》的讀者對象，開始面向普羅大眾。我很希望可以在整體香港人的心中，鑄就一個印象：香港原來與許多文學、文化人有千絲萬縷的關係，並非荒漠之地。這個想法如何做起呢？我決定由中學開始。所以，我在〈序‧歷史有情、人間有意〉和〈後記〉中強調文學散步與文學教育的關係，用意正是如此。當我把文學散步看作教學的實踐時，我需要考慮這本書向讀者傳遞了甚麼訊息，讀者能否接收到這些訊息，他們有懷疑的時候可否在書中找到答案。如果把文學教育作為文學散步的目標，我需要向讀者解釋我的思路，以及選取篇章的準則，方便教師參考。

沈：二〇〇五年，日本學者岩佐昌暲教授出版了《香港文學散步》的日文版，請盧老師談談這次翻譯的經過。

盧：岩佐教授與我相熟，說得一口流利的普通話，經常來香港與學

者見面。他在日本開設了香港文學的課，當他見到我這本書的時候，認為對教學有幫助，向我提議譯為日文版，我當然同意。日文版依據二〇〇四年新訂版翻譯出來，由於版權問題，只供校內使用，沒有正式發行。所以，這本書在書局找不到，在市面上也沒有流通。

沈：二〇〇七年，為甚麼再出《香港文學散步》的增訂版？

盧：因為自由行的關係，很多人從內地自由行來香港，他們也不一定純為購物消費而來，許多都想訪尋文化往事。商務印書館張倩儀總編輯告訴我，二〇〇四年的新訂版已經售罄，希望再印出版。我對二〇〇四年版不大滿意，於是要求增訂後才出版，她一口答應，並派了一位編輯羅宇正與我商量此事。其實，我當時還沒有仔細想過具體增訂的內容，只希望充實新版的內容而已。我與羅宇正見面，談到要出增訂版時，她第一句話竟然是：「這本書不能夠感動我。」這句話給我很大的刺激，我聽後即時認為她是一位很難得的年輕人，她的意見一定能夠代表這一代的年輕人。譬如，她談到書內描述「五四」的時代和有關的文學地景，認為與現實生活距離很遠。她一方面對書的內容有很多懷疑之處，另一方面亦不喜歡舊有的表達方式。後來，我與她作了一次長時間的對談，一篇一篇跟她討論，詳細了解她對這本書不滿意的地方，以及她認為需要增訂的內容。其中，她希望我說明介紹這些文化人的原因，於是我們用對話的方式，講述這些文化人的故事，特別是他們與香港這地方的關係。我們連續談了幾個下午，才完成了九篇對話。我認為增訂版新

增的內容中，最重要的是對話這部分，因為這些內容顯示了我對選收文章的感覺，亦顯示我想讀者留意之處。這位年輕編輯的要求很高、很多，正因如此，也令我想得更多、想得更深。

沈：為甚麼在附錄中增加了一篇〈張愛玲與王安憶的香港〉的對話？

盧：這是羅宇正的提議，因為她閱讀過這兩位作家的作品，問我為甚麼不提她們。張愛玲不是我研究的對象，而王安憶又是後來的作家，與我研究年限無關。不過我想想她的提議也很合理，因為以往我只談早期的作家、文化人，這次可以把過去與現在接合起來，希望可以達到意想不到的效果。所以，我們談了一次這兩位女作家寫香港的作品。我認為這篇對話很重要，因為它代表了年輕讀者期望香港文學散步涵蓋的範圍。我聽說二〇〇七年增訂版的銷量很好。前兩天，我剛收到內地出版社電郵，有意出簡體字版。

沈：盧老師認為《香港文學散步》的出版發揮了哪些作用？

盧：《香港文學散步》先後出了三個中文版本，說明了我對「香港文學散步」的思考不斷改變。我希望透過《香港文學散步》改變別人對香港的印象，了解香港與中國的文學、文化的關係及其貢獻。

沈：回顧過去二十多年的經驗，盧老師認為應該如何進一步推廣「香港文學散步」？

盧：我以往所做的工作，主要呈現外地作家眼中的香港；而現在舉

行的文學散步，主要是介紹香港作家眼中的香港，重新回歸到本土的視野。譬如，最近中大中文系、圖書館和教育局合辦的「走進香港文學風景」就是一次很好的嘗試。

香港是一個沒有歷史感的地方，儘管回歸了十五年，大家對自己的身世，以至這片土地仍然是朦朦朧朧的感覺。文學作品能夠建立人與地的情感關係，通過一些感動人的文字，回頭看這片植根的地方，相信都是大家想做的事。

沈：十分感謝盧老師接受我的訪問，分享了二十多年來推動文學散步的經驗，以及《香港文學散步》四個版本的出版經過。
謝謝！

《百家文學雜誌》第二十一期，二〇一二年八月十五日

尋 蹤 覓 跡

相關作者	地點	地址	備註
蔡元培	香港仔華人永遠墳場	香港仔石排灣道 5 段 23 台資字	
	東華義莊	薄扶林大口環道 9 號	
	聖約翰座堂	中環花園道 4 至 8 號	
魯迅	香港中華基督教青年會 - 必列者士街會所	上環必列者士街 51 號	禮堂不對外開放
許地山	香港華人基督教聯會 薄扶林道墳場	薄扶林道 119 至 125 號 甲段、第十一級 A 三穴 之二六一五	
	香港大學鄧志昂樓	薄扶林道	
戴望舒	林泉居舊址	薄扶林道 92 號	已清拆
	域多利監獄	中環奧卑利街 16 號	現為大館的一部分,可參觀
蕭紅	淺水灣	淺水灣海灘道	
	聖士提反女子中學	半山列堤頓道 2 號	不對外開放
	孔聖堂	銅鑼灣加路連山道 77 號	不對外開放
	學士台	薄扶林道 101 號	原址已改為住宅
	六國飯店	灣仔告士打道 72 號	
	達德學院	屯門新墟青山公路 28 號	不對外開放

延 伸 閱 讀

《蔡元培美育論集》蔡元培、高平叔 (長沙：湖南教育出版社，一九八七年)。

《蔡元培美學文選》蔡元培、文藝美學叢書編輯委員會 (北京：北京大學出版社，一九八三年)。

《蔡子民先生言行錄》蔡元培 (廣西：廣西師範大學出版社，二〇〇五年)。

《子民自述》蔡元培 (南京：江蘇人民出版社，一九九九年)。

《魯迅全集》(第三、四冊) 魯迅 (北京：人民文學出版社，一九八一年)。

《空山靈雨》(三聯文庫 # 二十一) 許地山 (香港：三聯書店，一九九九年)。

《許地山卷》盧瑋鑾 (香港：香港中華文化促進中心，一九九〇年)。

《戴望舒》(中國現代作家選集叢書) 施蟄存、應國靖 (香港：三聯書店，一九八七年)。

《戴望舒詩全編》梁仁 (杭州：浙江文藝出版社，一九八九年)。

《蕭紅》蕭紅著、陳寶珍編 (香港：三聯書店，一九九五年)。

《香港文縱 —— 內地作家南來及其文化活動》盧瑋鑾 (香港：華漢文化事業公司，一九八七年)。

《生死場》蕭紅 (北京：人民文學出版社，二〇〇五年)。

《端木與蕭紅》鍾耀群 (北京：中國文聯出版公司，一九九八年)。

《蕭紅新傳》葛浩文 (香港：三聯書店，一九八九年)。

《蕭紅・蕭軍》蕭鳳 (北京：中國青年出版社，一九九五年)。

《香港的憂鬱 —— 文人筆下的香港 (一九二五—一九四一)》盧瑋鑾 (香港：華風書局，一九八三年)。

《香港早期新文學作品選 (一九二七—一九四一)》鄭樹森、黃繼持、盧瑋鑾 (香港：天地圖書，一九九八年)。

《傾城之戀》張愛玲 (台灣：皇冠文學，一九九七年)。

《香港情與愛》王安憶 (台灣：麥田出版，二〇〇二年)。

鳴謝

蒙以下人士、學校及機構
協助本書的相片拍攝、資料考證及授權文章相片轉載，
謹此致謝。

鍾易理先生

陳祥海先生

劉蜀永先生

林中偉先生

沈舒先生

謝榮滾先生

李玉標先生

許禮平先生

孔聖堂中學

聖士提反女子中學

聖約翰座堂

香港中華基督教青年會 - 必列者士街會所

中華基督教會香港區會

中華基督教會何福堂書院

《香港文學》

中華書局

以下照片分別由鍾易理先生及陳祥海先生拍攝及提供。

鍾易理先生：頁 16, 28-29, 54, 63, 98-101, 113, 242-243, 246-249, 264-265

陳祥海先生：頁 200, 240, 290-291, 295-296, 298